KB162227

[피식]

[피식]

입술을 힘없이 터뜨리며
싱겁게 한 번 웃을 때 나는 소리

- 칼 조세프 쿠쉘
당신은 웃을 때 가장 아름답다

장량의 재미난 이야기

G로

초판발행 2020년 10월 5일
지은이 장량
발행인 정닮비
편집 정닮비·정미근
디자인 정닮비
발행처 도서출판 제니오

주소 서울시 성북구 동소문로 44길 44, 2F 도서출판 제니오
출판등록 제25100-2010-000018호
전화 02)905-4041
팩스 02)6021-4141
이메일 j_dalm@naver.com
인스타그램 http://instagram.com/genio.pb

ISBN 979-11-970710-8-9
　= 값은 뒤표지에 있습니다.
　= 잘못된 책은 구입하신 곳에서 교환해 드립니다.

나는 나를 웃게 하는 사람들을 사랑한다.

솔직히 내가 가장 좋아하는 것은 웃는 것이다.

웃음은 수많은 질병들을 치료해준다.

웃음은 아마도 사람에게 가장 중요한 것이리라.

- 오드리 햅번 -

I love people who make me laugh.

I honestly think it's the thing I like most, to laugh.

It cures a multitude of ills.

It's probably the most important thing in a person.

- Audrey Hepburn -

작가의 말

시나리오를 공부하면서 영화 속에 유머 코드를 심기 위해 유머를 수집하고 연구하고 창작했습니다.

하지만

유머는 정작, 시나리오보다는 나의 인생을 먼저 구했습니다.

극심한 우울증을 유머로 이겨 내고 인생의 긍정적인 면을 보게 된 겁니다.

웃음은 나를 음지에서 양지로 끌어내 나의 삶에 햇살을 비추어 행복과 여유를 선물했답니다..

나는 울지 않기 위해 웃어야 할 이유를 찾아야 했다. 매일 나를 짓누르는 두려운 고통을 이기기 위해 웃음을 무기로 선택하지 않았다면 나는 삶에서 실패자가 되었을 것이다. - 에이브러햄 링컨

이에,

나를 치유한 유머와 긍정을 많은 이들과 나누기 위해 세계 최대의 소셜 네트워크 서비스인 페이스북에 수시로 올려 전 세계적으로 많은 벗님과 함께 했고, 벗님들의 열화와 같은 요청으로 한 권의 책으로 묶어 냈기에 이르렀습니다.

페이스북에 올린 수많은 글 중에서 항간이나, SNS에 떠도는 에피소드는 걸러내고 소생의 창작과 구전 채록을 중심으로 첨삭 수정 가필했습니다.

아무쪼록, 웃음과 감동의 엔도르핀 면역 효과를 가볍게 생각하지 마시고, '피식, 피식' 자주 웃어 밝고 따뜻한 삶을 살아가기를 바랍니다.

2020년 9월 삼각산 장량 서옥.

차례

친구가 하소연을 했다.

"아들놈이 말을 듣지 않아 파리채로 때리니,
자식이 파리냐고 대드는데... 환장하겠어."

"그럼, 효자손으로 때려"

1
청춘은 아름다워라

사십여 년 전.

지방 모처의 허름한 자취방.

열아홉 피 끓는 청춘 넷이 모여서 한 친구의 눈물 어린 하소연을 듣고 있었다.

첫사랑, 짝사랑 끝에 용기를 내어 고백했지만, 매정하게 거절당한 것이다.

그 사연이 구구절절했고, 그 친구 외 나머지 세 친구에게도 언제든지 일어날 수 있는 일이었기에 감정이 이입되어 더벅머리 총각 넷 모두 눈물을 지었다.

설 배운 술이지만, 친구를 위로하고자 과자 부스러기와 마른 멸치를 안주로 소주를 밥공기에 따라 말 그대로

'깡술'을 나눠 마시며 함께 슬픔을 나누었다.

실연당한 친구는 키가 크고 날씬했으며 아주 잘생긴 미남이었다.

작은 얼굴에 우뚝한 콧날, 새카만 눈썹 하며 풍성한 반곱슬 장발 머리카락이 멋진 웨이브로 흘러내려 서구적인 이미지를 풍기는, 어려서부터 인물 좋다는 이야기를 숱하게 들으며 자란 친구였다.

여자아이들뿐 아니라 남자 친구들 사이에서도 선망의 대상이었던 친구가 실연을 당한 사실은 나머지 친구들에게도 충격일 수밖에 없었다.

여성에 대한 무한한 동경과 호기심에 가득한 시골 더벅머리들은 저토록 잘생긴 친구도 퇴짜를 맞는데, 우리처럼 못난이들은 여자라는 저 어마어마한 벽을 어떻게 넘나 하는 자괴감에 함께 울 수밖에 없었다.

친구는
"죽고 싶다. 죽고 싶다."
를 연발하며 닭똥 같은 눈물을 마구 흘렸다.

친구들은 친구의 목숨을 구하기 위해 전전긍긍 온갖 위로의 말을 늘어놓았지만, 친구는 치렁치렁한 머리카락을 마구 쥐어뜯으며 통곡했다.

위로할 방법을 찾지 못한 친구들은 술을 더 사다 먹여 미남 친구를 재우기로 했다.

당시는 통행 금지가 있던 시절이었고, 가게도 해거름이면 닫던 때였다.

하지만

친구들은 종종 그 자취방에서 모여 시험공부도 했고, 이야기꽃을 피우며 날을 새다가 청춘의 왕성한 식욕을 이기기 못해 한밤중에 라면을 사다 한 솥을 끓여 나눠 먹은 일이 잦았던지라, 순찰하는 경찰이 다니지 않는 뒷골목을 통해 밤잠이 없는 할머니가 보는 구멍가게의 문을 두드린 경험이 무수했다.

그날도

특파된 친구가 가로등 그늘과 뒷골목을 이용해 술을 사 오는 데 성공했다.

커다란 유리병에 담긴 1.8리터짜리 되 소주였다.

특파된 친구가 시골집에 갈 차비로 꿍쳐 두었던 비상금까지 보태 새우깡 몇 봉지와 오징어 한 마리까지 사왔다.

그리하여.

술판이 제대로 벌어졌다.

밥공기에 삼십도 짜리 되 소주를 넘치게 따라 나눠 마시며, 친구의 슬픔을 위로하기 위해 어린 시절의 추억을 끄집어내고, 그중에 예쁜 사촌 여동생을 가진 친구가 실연당한 친구에게 소개를 하겠다고 나서기까지 해 어찌어찌 술 취한 친구를 달래서 자살 결의를 희석하는가 했는데, 이번에는 이 친구가 세상살이에 회의를 느꼈다면서 절에 들어가 중이 되겠다고 몽니를 부리기 시작했다.

모두 술이 취하기도 했고, 무조건 반대를 해서는 또다시 죽는다고 할까 봐,

친구들 모두 중이 되라 부추겼다.

그때, 내가 말을 내놓았다.

"그런데 너 말이야, 중이 되려면 머리를 깎아야 하는데, 너 정말로 네가 자랑하는 이 머리카락을 자를 수 있냐? 머리카락은 환속의 여지를 남기기 때문에 머리를 깎지 않으면 중이 될 수 없단 말이야."

미남 친구가 취중에도 눈에 힘을 주며 장담했다.
"너희들, 내가 장난하는 줄 아냐. 나 당장 머리 깎고 내일 절에 올라갈 거다."

다른 친구가 말을 보탰다.
"그래 어쩌면, 그 여자애가 네가 머리 깎고 절에 들어갔다면 마음을 돌려먹을지도 몰라."
그 말을 들은 미남 친구가 더욱 결의를 다지며 밥공기를 내밀었다.
"중이 되면 술을 못 마시니까 오늘 다 마실 거야."

술자리가 갑자기 친구를 절에 보내는 비장한 이별의 자리로 승화되었다.
모두 밥공기 가득 술을 따라 원 샷을 하며 친구와의 이별을 서러워했다.

취했다.

모두 대취했다.

이튿날,

타들어 가는 목마름에 눈을 떠 기다시피 마당으로 나가 수도꼭지에 입을 대고 배가 볼록하도록 물을 마시고 그대로 수도꼭지 아래로 머리를 들이밀어 찬물로 머리를 식혀 정신을 차린 후, 처마 밑 빨랫줄에서 수건을 걷어서 머리카락의 물을 훔치며 방으로 돌아갔다.

방안에 악취가 진동했다.

머리맡에 토사물이 질펀했고!

세숫대야가 방에 있었고, 잘린 머리카락이 수북했다.

그리고....

머리카락이 완전히 밀린 중머리 하나가 인사불성으로 자고 있었다.

그제야 어제 밤중의 일이 생각났다.

미남 친구가 취해서 울며, 정말로 중이 된다고 했고,

다른 친구가 정말로 중이 될 자신이 있냐고 비웃었고,

친구는 결의를 보인다며 가위를 가지고 와 머리카락을

싹둑 잘랐고,

쥐 뜯어 먹은 머리로 어떻게 절에 가냐며...

내가 가위를 받아 녀석의 머리카락을 전부 잘라 주었고,

내친김에 세숫대야에 물을 받아 오고 비누를 가져와 녀석의 머리에 비누칠을 해 도루코 얇은 날 안전면도기로 녀석의 머리를 홀랑 밀어주었던 것이었다.

오~!

취중에도 머리에 상처 하나도 내지 않고, 완벽하게 백고를 친 정교한 솜씨라니!

창문으로 들이 비치는 햇살이 친구의 유리알처럼 반질거리는 백고 머리에 부딪혀 찬란하게 빛났다.

나는 서둘러 세숫대야에 친구의 머리카락과 토사물을 쓸어 담아 내버리고 걸레를 빨아와 방을 닦고, 방안의 거울을 떼어 부엌 구석에 뒤집어 세워놓은 후, 주머니를 털어 라면을 사다 끓였다.

그리고,

친구 둘을 먼저 깨워 입술에 손가락을 대어 입단속을

시킨 다음

미남 친구를 맨 나중에 깨워 라면으로 속을 풀었다.

미남 친구는 숙취에 시달려 빨개진 토끼 눈으로 라면을 호호 불며 맛나게 먹었고,

나머지 세 친구는 녀석의 중머리를 보지 않으려고 고개를 푹 수그리고 무작정 라면을 먹었다.

그러다가,

한 친구가 참지 못하고, '풉!' 입속에 넣었던 라면을 냄비에 뿜어내며 뒤로 뒤집어졌다.

나는 벌떡 일어나 뒤도 돌아보지 않고 집으로 냅다 튀었다.

애인에게 살 빼라 하지 마라.

갸가 살 빠지면 너 따위를 좋아하겠냐.

아내에게 살 빼라 하지 마라.

살 빠지면

젊은 애인 생긴다.

2
닭튀김

삼십여 년 전.

남쪽 바닷가 항구.

눈이 펑펑 쏟아지는 한 겨울날이었다.

신혼부부 한 쌍이 재래시장 앞을 지나가다가 신부가
걸음을 멈추고 코를 실룩거렸다.

"자기야. 나 닭튀김 먹고 싶다."

남편은 두말없이 재래시장 모퉁이의 닭튀김 가게로 들
어섰다.

당시에는 프라이드치킨 프랜차이즈가 없었다. 대신에
시장마다 가마솥에 기름을 끓여 닭을 튀겨 파는 가게가
있었다.

닭튀김 가게에는 앞선 손님이 몇 기다리고 있었다.

커다란 가마솥에 기름이 펄펄 끓고 있었고, 그 곁에는 고목나무 등걸로 만든 도마가 있었다.
여주인 아주머니가 닭을 도마 위에 올려놓고 능숙한 솜씨로 도끼처럼 커다란 칼을 휘둘러 눈 깜박할 사이에 토막을 쳐 밀가루 반죽이 들어 있는 양푼에 넣고 뒤섞어 튀김옷을 입힌 다음 기름 솥에 넣었다.

가게는 기름 냄새를 풍겨 지나가는 길손을 끌어들이고 또, 환기를 시킬 목적으로 출입문을 모조리 열어젖혀 바깥처럼 추웠다.
여주인이 입김을 하얗게 쏘아대며 길바닥과 다름없는 가게 앞에서 일하는 동안, 찬바람이 들지 않는 가게 안쪽, 전기장판이 깔린 평상에서는 술이 거나하게 취한 주인 남자가 손님들을 불렀다.
"추운데, 이쪽에 앉아 기다리시쇼."

손님들이 차례를 지어 걸터앉고, 신혼부부의 남편도 아내를 전기장판 위에 앉혔다.

주인 남자가 전화기를 집어 들었다.

"여기 시장 통닭집인데 커피 네 잔이요."

다방이 가까운 듯 이내 보자기에 싼 쟁반을 들고 다방 아가씨가 종종걸음으로 가게로 들어왔다.

"김 양, 춥지. 여기 따뜻한데 앉아서 따라."

주인 남자는 히죽이 웃으며 자신이 앉았던 자리를 내어 주었다.

다방 아가씨가 장판에 앉아 보자기를 풀었다.

주인 남자가 아가씨의 엉덩이를 슬슬 만졌지만, 아가씨는 아랑곳하지 않고 커피를 타 손님들 앞으로 밀어주었다.

커피를 받은 신부가 다방 아가씨에게 말했다.

"나는 임신을 해서 커피를 마시지 않아요. 이 커피 아주머니에게 갖다 드리세요."

주인 남자가 바로 대꾸했다.

"저 사람은 커피 마실 줄 몰라요. 글구, 손님들이 기다리시는데 커피 마실 시간이 어디 있겠소?"

닭튀김

"우리가 맨 나중에 좀 늦게 가지고 갈게요."

신부가 커피잔을 들고 일어섰다.
신랑이 재빨리 잔을 받아 들고 부부가 가게를 가로질러 입구 쪽으로 갔다.

가까이서 보니 아주머니의 벌겋게 부푼 뺨이 그물처럼 얼어 터져 있었다.
젊은 부부가 다가가자 아주머니가 휘두르던 칼을 멈추었다.
"더 주문하시게요?"
"아뇨. 커피 한 잔 따뜻하게 마시고 일하시라고요."

아주머니가 순간 얼어붙은 듯 동작을 정지했다. 그리고는 천천히 칼을 도마 위에 내려놓고 곱아서 잘 펴지지 않는 손으로 커피잔을 받았다.
그리고
새하얀 입김을 커피잔에 몇 번 쏘고는 조심스럽게 한 모금 마시고는 눈에 띄게 몸을 부르르 떨었다.
그리고

눈물이 글썽한 얼굴로 신부를 보았다. 신부의 눈에도 눈물이 어렸다.

아주머니는 곱은 손으로 커피잔을 감싸들고 한 모금 한 모금 천천히, 천하에 없는 보약을 마시듯 아주 천천히 마셨다.

다방 아가씨가 빈 잔을 가지러 왔다.
신부가 아가씨에게 말했다.
"커피 한, 두 잔 항상 여유로 가져오지요? 이 가게 올 때마다 아주머니에게 한 잔씩 드리세요."
아가씨가
'네가 뭔데?'
하는 시선으로 신부를 흘겨보고는, 아주머니의 손에서 커피잔을 잡아채듯 빼앗아 보자기에 싸 들고 가버렸다.

단칸방에 돌아온 신부가 닭 봉지를 펼쳤다.
"자기야. 이 닭은 다리와 날개가 네 개씩이네."

신랑의 눈에도 물기가 어렸다.

닭튀김

어린 시절...

장군감이네.
맏며느릿감이네.
착하게 생겼네.
건강하게 생겼네.
힘 좀 쓰게 생겼네.
똘똘하게 생겼네.
공부 잘하게 생겼네.

어른이 되어...

인상이 참 좋으세요.
성격이 온화해 보이세요.
사람 좋아 보이시네요.
법 없이도 사시게 보이네요.

이런 말 들었거나, 듣는다고...
좋아하거나 자랑하지 마세요.

모두 다.
못생겼다는 것을 돌려서 표현한 겁니다.

"엄마! 나는 어디서 왔어?"

<옛날>

"삼신할머니가 데려왔어."
"다리 밑에서 주워왔어."
"황새가 물어왔어."
"양배추밭에서 주워왔어."

<요즘>

"짜샤, 너 인터넷에서 다운받아 쓰리디 프린터로 뽑았어."

곁에 있던 아빠, (속으로)

"클수록 날 닮지 않는 걸 보니
네 엄마를 해킹당한 것 같기도 하고..."

3
초유 사건

국민 학교 입학 전.

1960년대 초반, 옛일이다.

어머니께서 나를 동네 어느 집으로 데리고 가셨다.

어머니의 손에 이끌려 들어간 방 안에는 한 여인이 누워 있었다.

어머니가 여인의 곁에 나를 앉히며 말씀했다.

"엄마가 시키는 대로 힘껏 하거라."

어머니 말을 몹시도 잘 듣는 착한 어린이였기에 그런 말씀을 하지 않았어도 따랐겠지만, 평소에 듣지 못했던 어머니의 명령조 말투에 바싹 긴장했다.

여인의 곁에 어린 아들을 무릎 꿇린 어머니는 여인의

웃옷을 헤쳐 젖가슴을 꺼냈다.

어린 눈에도 충격이었다.
어마어마하게 부푼 커다란 수박 덩이 같은 가슴이었다.
"엄마 젖이라 생각하고 힘껏 빨 거라."

어머니가 젖은 수건으로 여인의 젖가슴을 깨끗이 닦은
다음 내 머리를 잡아당겨 젖꼭지 위에 입을 대고 눌렀다.

이것저것 생각할 겨를도 없이 젖을 빨았다. 처음에는
젖이 나오지 않았지만, 어머니가 가슴을 조심조심 주무
르자 한 방울 두 방울 젖이 나오기 시작했다.

비릿하면서도 느끼했다.
썩 맛있다고 할 수 없는 그런 맛이었다.
젖이 나오면서 내가 몇 모금 먹는 것을 보고 어머니께
서 안도의 한숨을 푹 내쉬시며 가슴을 두 손으로 부드럽
게 주물렀다.

점점 젖이 더 많이 나와 계속해서 마실 수도 없고, 숨도

초유 사건

차서 젖꼭지에서 입을 뗐더니 젖이 분수처럼 솟아 얼굴에 뿌려졌다.

어머니가 황급히 수건으로 얼굴을 닦아 주고 곁에 두었던 바가지를 내밀었다.
"다 삼키려고 하지 말고 여기에 뱉어내거라."

그렇게 젖을 얼마나 빨다가 마침내 기운이 다하여 어머니 무릎에 쓰러졌다. 어머니가 등을 다독여 주셨다.
"힘들었지? 그래, 집에 갔다가 저녁때 다시 오자."

저녁때 다시 어머니를 따라가 강제 중노동을 하고 집에 오니 퇴근하신 아버지께서 어머니를 기다리고 계셨다.
"밥때에 애까지 데리고 어디를 갔다 오는 거요?"
"임성 양반댁 며느리가 죽게 생겨서요."
"에고! 새댁이 아기를 사산했다면서, 산모까지 위독해?"
"젖이 불어서 난리가 났어요. 고깃배 타고 나간 신랑은 조금 때가 되어야 들어올 건데. 그렇다고 새댁 젖을 아무에게나 빨릴 수도 없고 그래서 량이 데리고 가서 빨렸어요."

"그래서?"

"젖이 많이 줄어서 한숨 돌렸어요. 엿기름물 먹이고, 기저귀 천으로 가슴 감아 조여 주었는데, 계속 불면 량이 며칠 데리고 다니려고요."

"잘했구려. 우리도 딸을 키우는데, 어찌 남의 일이라 하겠소. 자식 잃고 몸까지 아프니 얼마나 서럽겠어. 당신이 잘 보살펴 주구려."

어머니를 칭찬하신 아버지께서 내 머리를 쓰다듬으며 한 말씀 하셨다.

"착한 일이니까 어머니가 시키는 대로 하거라. 그리고... 될 수 있으면 젖을 뱉어 내지 말고 다 먹거라. 그 젖, 네 몸에 엄청 좋은 거다."

새댁이 기운을 차리고 자리에서 일어나도록 며칠이나 그 집에 하루에 서너 번씩 갔다.

그 후...

동네 길가에서 새댁을 마주치면, 새댁이 얼굴을 붉히

면서도 구멍가게에 데리고 가 눈깔사탕을 사주곤 했다.

초유를 두 번 먹어서인가? 평생 잔병치레를 하지 않고 있다.

하지만,
사춘기 시절,
거대한 젖가슴에 눌려 살려 달라 외치다 깨어나는 꿈을 꾸곤 했었다.

성년이 되어서는 꾸지 않고 수십 년 동안 잊어버린 꿈이었는데...

허걱!

어제저녁 갑자기!
사람 살려!!!

비싸서 망설이고 망설이다
눈 딱 감고 질러 산 옷을 입고 나갔다가
곧바로 똑같은 옷을 입은 사람을 만났을 때의 기묘한 분노와 실망,
허탈을 느껴보았는가.

하물며, 얼굴이 똑같은 사람을 만나다니!

그러니까

너무 유명한 병원에서 성형하지 마라.

골든 벨을 울렸던, 만물 잡학 박사 사내가 기차를 탔는데,
예쁜 아가씨와 나란히 앉아 가게 되었다.

수컷 본능이 발동한 사내가 작업을 걸었다.

"그냥 앉아 가기 심심한데, 퀴즈 게임을 합시다.
못 맞추면 만 원씩 내기요."

아가씨가 슬쩍 웃으며 고개를 흔들었다.
아가씨의 미소에 반한 사내가 호기롭게 다시 제안했다.

"아가씨가 못 맞추면, 만 원! 내가 못 맞추면 백만 원! 어때요?"

그제야 아가씨가 못 이긴 체 고개를 끄덕였다.
사내가 아가씨를 배려해서 쉬운 질문을 했다.

"지구에서 달까지 거리가 얼마인지 아세요?"

아가씨가 말없이 지갑에서 만 원 한 장을 꺼내 사내에게 주었다.
그리고
문제를 냈다.

"물속에서 사는데, 육지에서 달릴 수도 있고
하늘을 날 수도 있는 동물이 뭐죠?"

답을 몰라 안절부절못하는 사내를 보고
아가씨가 넉넉한 미소를 지으며 말했다.

"인터넷 검색 찬스를 드릴게요."

"고맙습니다!"

사내가 반색을 하며 핸드폰을 켜서 폭풍 검색을 했지만...
결국 답을 찾지 못해, 지갑을 털고 부족한 것은
폰뱅킹으로 이체를 한 다음 물었다.

"도대체 그 동물의 이름이 뭐요?"

아가씨가...

말없이 사내에게 만 원짜리 한 장을 주었다.

4
여왕 폐하 누드 작전

　착한 사람 눈에만 보인다며 없는 옷을 팔아 임금님을 벌거벗기고 돈까지 받아 챙긴 사기꾼들이 이웃 나라 여왕도 벗겨 먹기로 모의했다.

　"야무지고 똑똑한 노처녀라던데, 넘어갈까?"

　"예쁜 옷에 넘어가지 않는 여자 봤냐?"

　"하긴... 대공이 될 남편감을 은밀히 물색하고 있다는 소문도 있으니까."

　"돈벌이도 돈벌이지만, 벌거벗은 여왕을 보면 얼마나 재미있겠냐?"

　그리하여...

　보이지 않는 옷감을 두 손에 받쳐 든 사기꾼들이 여왕 앞에서 너스레를 떨었다.

　"폐하! 이 천은 아름다울 뿐만 아니라, 정직한 사람의 눈에 만 보입니다. 폐하! 세상에서 가장 아름다운 옷을 입고, 정직한 충신들을 골라내소서."

여왕이 곁에 있는 공작에게 물었다.
"저 옷감이 정말로 저들이 말하는 것만큼 예쁜가?"
"네. 폐하, 평생에 저토록 아름답고 우아한 천은 처음 봅니다."

여왕은 시립하고 있는 궁정화가에게 물었다.
"어떤 색으로 보이느냐?"
"황제의 색, 교황의 색인 보라이옵니다. 폐하께서 입으시면 그 위엄과 품위, 아름다움이 가히 천사를 능가할 것이옵니다."

"오호!"

여왕이 눈을 빛내며 곁에서 시중을 들고 있는 공작부인에게 명했다.
"가서 옷감을 만져 보고 감촉을 말하거라."

공작부인이 옷감을 만지는 시늉을 하더니 말했다.

"몹시 부드러워 마치 없는 듯하옵니다. 이 천으로 옷을 지으면 정말로 편안할 것입니다."

여왕이 사기꾼들에게 물었다.

"겉옷뿐 아니라 속옷까지 지어 입으면 좋겠구나."

"그러하옵니다. 폐하. 이 천으로 속옷을 지어 입으면 입지 않은 듯 편안할 뿐만 아니라 고슬고슬하여 건강에도 아주 좋습니다."

"오! 그럼 속옷과 예복, 외투, 망토까지 일습으로 지어 내거라. 그리고 이토록 좋은 옷을 어찌 나 혼자만 입겠느냐. 남녀노소를 불문하고 모든 귀족이 지어 입도록 하라. 옷이 다 지어지면, 그 옷을 입은 무도회를 열겠노라."

대신들로부터 앞다투어 받은 선금이 사기꾼들의 수레를 가득 채웠다. 물을 만나도 태평양을 만난 사기꾼들은 고향의 패거리들까지 모두 불러 모아 수 천벌을 옷을 짓는 시늉을 했다.

마침내.

바로 그날이 왔다.

수천 명의 귀족이 탈의실에 옷을 벗어 두고 속옷까지 홀랑 벗은 알몸으로 대연회실에 시립하여 여왕의 등장을 기다렸다.

드디어 의장대의 나팔 소리를 배경으로 여왕이 등장했다.

정작
여왕은 황제의 색, 교황의 색인 보라색 비단 드레스를 입고 있었다.

여왕이 옥좌에 앉아 호통쳤다.
"감히 왕을 능멸하려 한 죄 능지처참해야 마땅하나 탈의실에 있는 모든 옷과 사기꾼들의 옷값을 몰수하여 가난한 백성들에게 나누는 것으로 용서하겠노라. 여봐라! 풍악을 울려라. 무도회에 왔으니 춤을 추어야 하지 않겠느냐!"
그리하여
수천 명의 나체 떼 춤이 펼쳐지고...

그 가운데

오직

여왕만이

신비의 색 보라 드레스를 한껏 뽐내며...

젊은 귀족들을 한 명, 한 명 안고 왈츠를 추며...

언놈이 실 한지 실검을 했던 것이었던 것이었다.

선녀들을 닥치는 대로 건드는 아들의 난봉기에 질린 옥황상제가
궁리 끝에 아들을 여자가 없는 별로 유배를 보냈다.

그리고

얼마 후.
아들의 안부가 걱정되어 보냈던 시종이 돌아와 보고했다.

"건강하게 잘 지내고 있었나이다."

"다행이로구나.
그래, 여자가 없는데 어떤 일로 소일을 하고 있더냐?"

"네...

곰에게 마늘과 쑥을 먹이고 있었나이다."

"오늘은 장래 희망을 말해보자. 영희는 어떤 사람이 되고 싶니?"

"네. 선생님. 아기들이 태어나지 않아 머지않아 나라가 없어질지도 모른다고 하잖아요. 그래서, 저는 결혼을 해서 아기를 많이 낳아 키우는 엄마가 되고 싶어요."

"오~ 그것도 참 좋은 희망이다. 철수. 네 희망은 뭐지?"

"네. 선생님 저는,

영희가 희망을 이루도록 도와주겠습니다."

5
방망이

옛날 옛적.
호랑이 담배 피우던 시절.

강원도 깊은 산골, 높은 고개를 장꾼이 괴나리봇짐을
메고 넘어가는데...

고갯마루에 호랑이 한 마리가 떡 버티고 앉아 있다가
장돌뱅이를 붙잡았다.

팔도 장을 돌아다니며 잔뼈가 굵은 장꾼은,
'호랑이게 물려가도 정신만 차리면 산다.'
는 천하의 명언을 떠올리며 아랫배에 힘을 주었다.
"네가 아무리 호랑이라고 하지만, 인간의 목숨을 함부
로 해쳐서는 천벌을 면치 못할 것이다!"

호랑이가 씨익 웃으며 대답했다.

"나도 맨입으로 너를 잡아먹을 생각은 없어. 네가 가장 잘하는 것으로 내기를 해서 내가 지면 그냥 보내 주마."

물건을 파는 것이 아니라 전국 장판을 돌면서 박보장기 내기로 살아가는 장꾼은 내심 쾌재를 부르며 봇짐에서 장기판과 알을 꺼내 차렸다.

"딱, 한판으로 끝내자."

호랑이도 흔쾌히 찬성했다.

하지만,

장꾼의 오산이었다.

호랑이가 어마무시한 고수였던 것이다.

호랑이는 마지막 외통수를 걸어 놓고 느긋하게 곰방대에 담배를 채워 물고 말했다.

"장 받아라! 장! 어허, 장기 두는 사람 어디 갔나? 장 받으라니까!"

궁지에 몰린 장꾼은 살길을 찾기 위해 장기판을 뚫어

지게 들여다보며 머리를 굴렸다.

많은 사람의 버릇이 그러하듯, 장꾼도 궁지에 몰리거나 깊은 생각을 할 때면 자신도 모르게 사타구니에 손을 넣고 거시기를 조물거리는 습관이 있었다.

묘수는 나오지 않고 거시기만 커지는 차에, 호랑이가 다시 재촉했다.
"해 저문다. 해 저물어. 이 담배 다 태울 때까지만 기다린다."

빠져나올 길이 없어진 장꾼은 장기판에서 눈을 들어 호랑이를 살펴보니, 앳돼 보이는 암호랑이였다.

그리하여,
장꾼은...

에라 모르겠다, 될 대로 되라는 심정으로 클 만큼 커진 거시기를 호랑이 앞에 툭 내놓았다.
깜짝 놀란 호랑이가 움찔하면서 물었다.

"그, 그게 무엇이냐!"

장꾼의 짐작대로 처녀 호랑이였다!

"이게 말이야. 바로 육 봉, 살 방망이라는 건데, 너 이
거에 한 방 맞으면 죽는다. 내가 호랑이가 바글거리는 이
산골에 맨몸으로 왔겠냐! 한 대 맞아 볼 테냐!"

하며 장꾼이 분기탱천하여 우뚝 선 거시기를 내밀며
벌떡 일어서자 놀란 호랑이가 뒤로 한 걸음 물러났다.

그 틈을 놓칠새라, 장꾼은 고개 아래로 몸을 날려 걸음
아 날 살려라 튀었다.

도망가는 장꾼을 보고 그제야 속은 것을 눈치챈 호랑
이가 뒤를 쫓아왔다.

장꾼이 죽을힘을 다해 산모퉁이를 돌아드니 칠순 할머
니가 홀로 사는 외딴 오두막집이 나왔다.

"하, 할머니, 나 좀 숨겨 주시오. 호랑이가, 호랑이
가...."

할머니가 부엌을 가리켰다. 장꾼은 부엌으로 뛰어들어

아궁이 속으로 몸을 숨겼다.

　황급히 뒤 쫓아온 호랑이가 할머니에게 물었다.
　"할머니, 불한당 같이 생긴 장돌뱅이 하나 뛰어오지 않
았소?"
　"보긴 봤지."
　"어, 어디로 갔소?"
　"왜 쫓아가는 지 말해 주면 가르쳐 주지."

　호랑이는 이 차 저 차 육 봉 이야기를 해주었다.

　호랑이 이야기를 들은 할머니가 말했다.
　"호랑아. 쫓아가지 마라. 그 방망이 정말 무서운 것이
다. 나도 십 팔 세 소녀 시절에 그 방망이에 잘못 맞아 오
늘날까지 이 산속에서 혼자 살고 있단다."

버들가지 늘어진 우물가에서 목마른 나그네에게 물을 떠주며 바가지에 버들잎을 따 올려 급히 물을 마시다가 체하는 것을 막았다는 전설을 한국 옛 여인들의 지혜라고 이야기하는 이들이 많다.

벽초 홍명희의 임꺽정에서는 그 처자가 백정 양주삼의 딸이라고 했고,

또 다른 야사에서는 사슴 사냥을 하던 이성계에게 물을 떠주며 버들잎을 띄워 사슴에게 도망갈 시간을 주어 살생을 막아 이성계의 계비가 된 신덕황후라고도 한다.

어찌 되었든 감탄할 만큼 뛰어나지도 않은 아이디어가 여러 갈래로 파생되어 구전된 듯하다.

우물가에서 물을 긷는 또 한 처자가 있었으니...

옛이야기처럼 말을 타고 달려 온 사내가 말에 앉은 채로 숨을 헐떡이며 물을 청했다.

"여봐라. 물 한 바가지 떠올려라!"

말 위에 앉아 눈을 내리 깔고 명령하는 사내를 곁눈으로 힐끗 본 처자가 버들잎을 훑어 넣은 빈 바가지를 내밀며 말했다.

"물은 셀프이옵니다."

6
옛날 옛적

강원도 산골 외딴곳.

사냥꾼의 집.

온종일 심산유곡을 헤매어 겨우 꿩 한 마리를 잡은 사냥꾼이 지친 몸을 이끌고 집에 오다가, 길을 잃고 헤매는 장돌뱅이를 만났다.

"아이고! 포수님. 하늘이 저를 살리려고 포수님을 만났게 했구랴. 오늘 저녁 꼼짝없이 호랑이 밥이 되는구나, 눈앞이 캄캄했는데... 조상님이 보살펴 포수님을 보내 주셨구랴. 그저 하룻저녁 잠만 재워 주시구려."

본성이 착하기도 하고 또, 사방 십 리 인근에는 인가가 없는지라, 내쳤다가는 말 그대로 호랑이 밥이라 될 게 뻔했다.

"사냥도 흉년이라 저녁은 대접할 수 없소만, 문간방에서 잠은 재워 드리리다."

"호식만 면케 해주어도 각골난망이로소이다."

하여, 사냥꾼이 장돌뱅이를 문간방에 들이고 안채로 가니 아내가 막걸리를 거르고 있다가 화들짝 반겼다.

"여보! 술 거르는 향기가 산에까지 풍겼나 봐요. 술 거르고, 꿩 잡아 안주하려면 시간이 좀 걸리니 우선 한숨 눈 붙이고 있어요."

"야녀. 장돌뱅이 하나가 길 잃고 헤매기에 문간방에 들였어. 밥은 못 준다 했지만, 맘이 편치 않아. 감자 삶아 놓은 거 있음 몇 알 갖다주고 그 사람 이야기 좀 듣다가 잠들면 올게. 길 잃고 피곤해서 금방 잠 들 거야."

"그러다가 당신이 먼저 잠들면 어떻게 해. 아! 좋은 수가 있다! 실을 가지고 가서 당신 발가락에 매고 있어요. 내가 술 다 거르고 안주 장만 되면 잡아당길게요."

"그거 좋은 수네. 그리할게."

그리하여...

사냥꾼이 감자를 가지고 가니, 장돌뱅이가 감지덕지

허겁지겁 먹는다. 산속에서 사람 목소리가 그리운 사냥
꾼이 말꼭지를 텄다.

"장터에서 재미난 일 많이 보고 들었을 법한데, 좀 해
주오."

생긴 거와는 다르게 장돌뱅이는 입담이 걸쭉했다. 여
러 이야기를 듣는 중에 사냥꾼이 먼저 잠이 들었다.

사냥꾼이 잠들자 장돌뱅이가 소피를 보고 자려고 밖으
로 나가다가 사냥꾼의 발가락에 묶인 실을 보고 따라가
보니 안채의 안방으로 연결되어 있었다. 눈치로 먹고사
는 위인인지라 뭔가 야료가 있음을 간파하고 돌아와 실
을 풀어 자신의 발가락에 메고 누웠다..

아니나 다를까 잠시 후에 실이 톡톡 발가락을 잡아당
기는 것이었다.

장돌뱅이는 안채로 가 문 앞에서 사냥꾼의 목소리를
흉내 내어 속삭이듯 말했다.

"여보. 손님이 안 자고 있으니 불을 끄오."

아내가 호롱불을 입으로 불어 끄자 장돌뱅이가 들어가 아내와 대작을 했다. 탁주 사발이 오고 가고 꿩 볶음을 서로 먹여 주고....

다음날 새벽.

사냥꾼이 눈을 뜨자 장돌뱅이와 괴나리봇짐이 사라지고 없었다.

사냥꾼이 안채로 가니, 아내가 알몸으로 세상모르고 자고 있었다.

사냥꾼이 아내를 흔들어 깨웠다.

"여보! 일어나오. 동창이 밝았는데 어인 늦잠이요. 어제 놔둔 올무에 걸린 짐승 거두러 가야 하니, 어서 엊저녁에 못 먹은 막걸리와 꿩 볶음 차리시오."

눈을 비비고 뜬 아내가 배시시 웃으며 대꾸했다.

"아이잉, 당신도 참.. 어제저녁에 둘이 다 먹고 마시고.... 당신이 나를 세 번 씩이나... 아이잉."

그제야, 장돌뱅이의 소행을 눈치챈 사내가 소리쳤다.

"이놈의 자식이 먹여주고 재워준 은혜를 배신하고 남의 각시까지!"

아내도 깜짝 놀라 대꾸했다.

"당신이 장돌뱅이가 자지 않는다고 불을 끄라고 해서... 덩치도 당신과 비슷하고 땀 냄새도 비슷했고, 술도 취하고 그래서..."

"그래도 그렇지! 아무리 캄캄한 속이라 해도 세상에 나! 서방과 외간 놈을 분별하지 못했단 말이요!"

아내가 잠시 생각을 더듬는 눈치더니...

"어쩐지... 신혼 때 못지않다 했어... 난 당신이 산에서 배암을 잡아먹고 온 줄 알았어요."

다섯 살짜리 조카가 종이에 낙서하고 있다.

"영우야. 뭐 하고 있니?"
"선희에게 편지 쓰는 거야."
"너 아직 글씨 안 배웠지 않아."
"뭐, 어때, 선희도 글씨 모르는데."
"그럼 편지가 안 되잖아."
"왜 안 돼? 선희는 날마다 내 편지 받고 나오는데."

영우가 쓴 편지에는...

동그란 시계 판에 오후 세 시가,
그리고 어설프지만 놀이터 미끄럼틀이라 알아볼 수 있는
그림이 그려져 있었다.

그리고...

하트까지.

7
점순이

지숙이는 얼굴에 커다란 모태성 홍반을 타고났다.

이마에서 눈두덩을 걸쳐 광대뼈에 이르는, 손바닥 크기의 붉은색 색소침착은 자라면서 없어지리라는 모두의 바람과는 달리 더욱더 진해지고 넓어져 가리거나 숨길 수 없게 되었다.

국민학교 등교 첫날부터 놀림감이 되고 왕따가 되었으나,

지숙이는 점순이라는 별명을 숙명으로 받아들인 듯,

아이들의 놀림에 반응하지 않고 묵묵히 학교에 다녀 중학교까지 개근상을 받았다.

천성이 착하고 모질지 않아서 나름대로 친구도 몇몇 사귀었지만,

한계가 있어서 말수와 웃음이 적은 침울한 아이로 자랐다.

또한,

집과 학교 이외의 곳에 나서는 것을 꺼릴 수밖에 없어서 세상 물정에도 어둡고, 겁도 많았다.

고향 집성촌에 들어와 사는 몇 되지 않는 타성인데, 지숙의 아버지가 선친을 형님이라 따르며 각별하게 모셨다.

지숙이는 나와 두 살 터울 손 아래였는데, 외동딸이었다.

제 땅 한 평 없는, 소작논 몇 평에 날품팔이로 빈한한 가정이었지만, 지숙이 아버지는 정직하고 부지런한 사람인지라, 그냥저냥 지숙이를 중학교까지 보냈다.

선친은 방학 때 내가 고향 큰 아버님 댁으로 놀러 갈 때면 잊지 않고, 돼지고기나, 멸치 포대 같은 선물을 들려서 지숙이네 보내곤 했고 그날은 지숙이네 잔칫날이었다.

지숙이는 당시의 가정 형편이나 사회 상황으로 보아 시골 중학교 졸업만으로도 감지덕지, 서울의 공장이나, 식모살이로 떠나야 할 처지였지만, 친척 중의 한 사람이, 아이들을 돌보며 살림을 해주면 야간 고등학교를 보내

준다 해서 도시의 우리 집에서 멀지 않은 친척 집에서 살게 되어 자주 보게 되었다.

먹여주고 재워주고 야간 고등학교를 보내주는 대가는 참으로 혹독했다.

첫 새벽에 일어나 밥을 짓고, 맞 품팔이 나가는 주인 내외와 네 아이의 도시락을 싸야 했고, 집 청소와 빨래와 밑반찬 장만까지 고스란히 지숙이의 몫이었다.

오후 여섯 시 야간 고등학교 등교 시간에 맞추려면 온종일 달려야 했다.

학교가 멀었지만, 버스비를 주지 않아 오후 다섯 시 전에 저녁상을 차려 덮어 놓고 뛰어야 했다.

저녁 열 시 수업을 마치고 열한 시경 돌아오면 산더미 같은 설거지가 기다리고 있었다.

그리고....

주인 내외의 꾸중과 잔소리, 아이들의 멸시까지 견뎌내야 했다.

그 사정을 알고 있는 선친께서 지숙이를 일요일이면

점순이

집으로 불러 쉬게 했다.

지숙이가 기숙하는 친척 내외가 선친이 운영하는 공장의 일용직이었기 때문에 어쩔 수 없이 허락하는 것이었다.

지숙이가 오면 어머니께서 과일과 떡, 과자 등을 먹이고, 누나의 헌 옷을 줄여 입혀 남루함을 면하게 해주었다.

어느 날,
고등학교 졸업과 동시에 도청 소재지에 방을 얻어 독립한 나를 어머니께서 주인집으로 전화를 해서 집으로 내려오라 명하셨다.

하여,
어머님의 말씀을 따라 조화 꽃다발과 상장 통을 들고 지숙이의 졸업식에 갔다.

개근상 수상자는 지숙이 한 사람이었다.

학교장이 야간 고등학교 개근상은 이 세상 그 어떤 상보다도 값진 것이라며 크게 치하했다.

아무도 오지 않으리라 생각했던 지숙이는 개근상을 받

고 돌아서는 순간 내가 꽃다발을 안겨주자 바로 눈물을
쏟았다.

피땀과 눈물로 받은 빛나는 개근 상과 졸업장을 돌돌
말아 상장 통에 넣어주고 그때 당시에는 귀했던 올림포
스 하프 팬 카메라로 기념사진도 찍어 주고 학교 앞에서
짜장면을 사주었다.
지숙이는 그날 짜장면을 처음 먹어 보았다며 살아오는
내내 이야기하곤 했다.

그날로 지숙이는 친척 집에서 나와 우리 집에서 생활
했다.
어머니가 양재 학원에 등록 시켜 주었던 것이다.
양재 학원에서 재단을 배운 지숙이를 선친께서 시내의
양장점에 취직시켜 주었다, 매장 판매원이 아닌, 뒷방 공
장에서 일하는 기공이기 때문에 지숙이의 '점'이 취업에
지장을 주지 않았다.

첫 월급을 타자 지숙이는 빨간 내의를 부모님께 선물
하고 자취방을 얻어 자립했다.

제 손으로 돈을 벌게 된 지숙이는 쉬는 날이면 미군 부대에서 흘러나온 값비싼 '오리리 커버 마크' 화장품을 사서 얼굴의 반점을 감쪽같이 가리고 버스를 타고 나에게로 와 세상 구경을 시켜 달라 졸랐다.

그리하여 극장과 다방, 술집, 나이트클럽에도 가고 학교 축제에도 데리고 갔다. 친구들을 소개해 데이트도 하게 했다.

홍반을 가린 지숙이는 밉상이 아니라서 여러 남자가 덤벼들었다.
하지만
지숙이는 만남이 발전되고 남자들이 손이라도 잡을 양이면 곧바로 민낯을 들이대 도망가게 했다.

개 중에는 전학생 수석으로 입학한, 내 친구도 있었다.
내 자취방에서 친구와 함께 리포터를 쓰던 어느 날 지숙이가 찾아왔고, 친구는 첫눈에 반했다.

지숙이가 사서 온 라면을 끓여 냈는데, 라면 세 개를 게

눈 감추듯 하는 친구가 젓가락을 들 생각도 하지 않고 눈
을 동그랗게 뜨고 입을 헤벌리고 있었다.

그 모양을 본 지숙이, 라면을 먹다 말고 머리카락을 추
슬러 묶은 다음 핸드백에서 손거울을 꺼내 양은 밥상 위
에 올려놓고 화장 솜으로 커버 마크를 지우고 나서 라면
을 계속해서 먹었다.

나는 지숙이와 친구를 번갈아 보았다.
친구는 지숙이의 홍반을 보고도 헤벌린 입을 다물지
않았다.
그날 이후
나는 친구와 동거 아닌, 동거를 하게 되었다.

친구는
오매불망 내 첫사랑 지숙이를 되뇌며 실제로 베개를
보듬고 자다가 식은땀을 흘리며 헛소리를 해서 나를 놀
라게 했다.
"이 자식이! 상사병에는 똥물이 약이라든 디! 시골에
서 똥물 퍼 올까!"

"지숙이랑 사귈 수만 있다면 똥물 그까짓 것 양동이로 마실 수도 있다!"

친구의 몸이 여위고 눈이 퀭해지는 친구의 열병을 눈 뜨고는 지켜볼 수 없어...

정식으로 지숙이를 소개하고 서로의 만남에 도움을 주었다.

그리하여 둘은 매주 일요일 데이트를 했고, 내 눈에도 둘 사이에 상당한 진전이 있었다.

여름방학이 다가오자..

친구는 함께 지리산으로 캠핑을 하러 가자고 지숙이를 꼬드겼다.

지숙이는 생전 처음 듣는, 등산과 캠핑이라는 말에 눈을 반짝이며 질문을 소나기처럼 퍼부었다.

신바람이 난 친구는 가지고 있지도 않은 텐트와 코펠, 버너, 침낭을 자랑하며, 히말라야 열두 번은 등반했을 법한 등산 지식을 풀어 놓았다.

귀를 쫑긋 세우며 친구의 이야기를 경청하던 지숙이

마침내 결론을 내렸다.

"부모님을 뵙고 교제를 허락하면, 같이 캠핑 갈게."

친구는 서둘러 부모님과 자리를 마련하며 지숙에게 홍반을 가려 줄 것을 간청했으나, 지숙은 생얼, 민낯으로 나갔다.

지방 유지로, 상당한 자산가인 친구의 부모님이 똑똑하고 잘난, 대학생 아들과 야간 고졸 재단사에, 홍반이 있는 지숙이와의 교제를 허락할 리 만무했다.

유전 될지도 모른다는 친구 부모님의 식음을 전폐한 결사적 반대에 둘은 갈라서야 했다.

친구는 유학을 떠나고 지숙이도 다시는 나에게 놀러 오지 않았다.

그 후

내가 부모님을 뵈러 갈 때면 지숙이를 찾아가 술과 밥을 사곤 했지만, 한 번도 친구 이야기는 서로 꺼내지 않았다.

점순이

그렇게 점순이 지숙이는 나이를 먹었고,

양장점이 사양 산업이 되어 재단사라는 직업이 없어지자 자그마한 식당을 차려 생계를 꾸려갔다.

고교 시절,

친척의 집에서 식모를 산 경험이 절대 헛되지 않아, 지숙이의 음식은 토속적인 맛을 지니고 있어 장사가 잘되어 이내 크게 확장하고 종업원을 쓰는 사장이 되었다.

식당을 신장개업하면서 지숙이는 아예 간판을 '점순네'로 달고 점을 감추기는커녕, 오히려 드러냈다.

평생의 약점을 트레이드 마크로 내세운 것이다.

'점순네' 간판은 광고와 영업을 동시에 견인해 대박이 났다.

'점순이'가 돈을 좀 많이 벌었다는 소문이 나자 꼬이는 남자들이 줄을 섰는데, 지숙이는 콧방귀로 쫓아 버리곤 했다.

작년 가을 여행 때, 점순네 식당에 예약하려고 전화를 했더니,

"나도 밖에서 남의 밥 좀 먹자. 오빠랑 데이트도 하고 밥도 얻어먹고 싶다."

해서, 다음날 낮참에 약속 장소에서 기다렸더니, 웬 귀부인이 외제 승용차를 몰고 떡하니 나타났다.

식당에서도 생얼이던 지숙이가 완벽한 커버 마크 분장을 하고 명품을 걸치고, 들고, 신고 나타난 것이었다.

지숙이가 이끄는 대로 도청 소재지 값비싼 고급 일식집에 갔는데 얼마나 자주 오는 단골인지, 지배인, 주방장이하 전 직원이 알아서 모셨다.

"오빠. 나 사귄 지 사십 년이 된 애인이 있어. 지금 올거야."

그리하여...
대학교수가 된 옛 친구를 삼십 년 만에 만났다.

삼십 년 사이에 친구는 유학을 갔다 와서 모교의 교수

가 되었고, 부모님의 강권으로 결혼을 해 남매를 두었지만, 극심한 성격 차이로 결국 오래전에 이혼했다고 한다.

친구는 이혼 후 몇 년간 홀로 살다가 지숙이를 수소문해 십 여전부터 만나왔단다.

친구와 재회한 지숙이는 자격지심을 극복하기 위해 야간대학을 졸업하고 친구가 지도 교수로 있는 대학의 대학원에 등록해 내년 봄이면 석사가 된다나.

참으로 즐거운, 감격스러운 만찬이었다.

먼 길을 돌아 만난 두 사람을 축하하며 대취했다.

둘은 친구의 딸이 결혼해 분가하면 노후를 함께 하겠단다.

술자리를 파할 때 지숙이가 말했다.

"오빠. 올여름에는 히말라야 트레킹 가기로 했어. 그 사이에 둘이서 우리나라 산은 모두 정복했거든!"

춘추 전국시대.

전장에서 승패를 좌우하는 중요한 요소 중 하나가 군마였다.

따라서 군마의 조련과 지휘, 통제는 병사보다 더 엄격했다.

어느 장수의 휘하 기병 부대에 나이 든 군마가 있었다.

늙은 말은, 자신의 노쇠함을 인정하지 않고 제멋대로 앞장 서 날뛰다가 태우고 있던 장수를 낙마시키는 중대한 실수를 저질 렀다.

전투에서 패하고 가까스로 목숨을 건져 돌아온 장군은 군 율을 어긴 늙은 말을 읍참마속의 심정으로 벌하지 않을 수 없 었다.

본보기로 목을 자른 것이다.

그래서 후세의 사학자들은 늙은 말, 노마가 본보기로 죽임을 당한 것을 사자성어로 만들어 교훈을 남겼다.

시벌노마

- 가르칠 示, 벨 伐, 늙을 老, 말 馬 -

제 분수를 모르고 날뛰면 죽게 된다는 것이다.

따라서,

저 죽을 줄 모르고 싹수없이 날뛰는 놈을 보고 시벌, 시벌, 시벌노마라고 한다.

'시'를 된 발음 '씨'로 내뱉듯 말하는 사람이 많다.

8
자방과 조조

어느 날.

자방이 고양이를 안고 일인지하 만인지상, 승상의 자리에 오른 조조에게 놀러 갔다.

평소 조조는 눈처럼 하얀 긴 털에, 청옥처럼 푸른 눈동자를 지닌 자방의 고양이를 몹시도 탐을 내고 있었던바, 자방보다는 고양이를 반갑게 맞으며 물었다.

"천하의 책사께서 어인 나들이시오?"

"천하 기재棋才이신 승상께 한 수 가르침을 받고자 왔소이다."

조조의 바둑 실력은 천하제일로 자타가 공인하는바, 조조는 가소로운 웃음을 지으며 도전을 받아들였다.

"나는 내기가 없으면 바둑을 두지 않는다는 사실을 알

고 오셨겠지요?"

"그럼요. 내 몸은 황제께 매인 몸이라 제 몸만 빼고는 뭐든 내게서 원하는 것을 말씀하시오."

조조는 기다렸다는 듯,

"책사의 고양이를 거시오."

"고양이를요?!"

자방이 짐짓 놀란 표정을 지으며 몸을 뒤로 물렸다.

"이 고양이는 페르시아 황실의 선물로 황제께서 제게 맡겨 기르기를 하명하신 것이오. 아무리 승상이라 하지만, 하루에 세 마리의 생쥐와 산 생선을 먹여야 하는데. 어찌 감당하시려고 그러시오."

조조는 황제를 능멸하려고 황제의 물건이라면 무조건 탐을 내는 터.

"걱정하지 마시오. 천하의 쥐와 생선을 다 잡아 먹이겠소이다. 책사께서도 제게 원하는 것을 말씀하시오."

"승상께서 제 고양이에 걸맞은 걸 걸어 주시오."

조조가 껄껄껄 호탕하게 웃으며 말했다.

"책사가 나를 이기면 황금 한 근을 주겠소이다."

황금 한 근이면 160돈! 와등 같은 기와집 한 채 값이
었다.
그리하여,
천하 기재奇才들 간의 불꽃 튀는 기전棋戰이 벌어졌다.

하지만!
의외로 자방의 실력이 조조에 못지않았다.
모처럼 호적수를 만난 조조는 눈을 빛내며 사력을 다
해 덤볐고...
용호상박의 접전 끝에 마침내 자방이 돌을 던졌다.

불계승한 조조가 떨 듯이 기뻐하며 말했다.
"책사! 대단하외다. 과연 천하의 영재시오. 세상에 나
와 자웅을 겨루다니! 당금 천하에서 나와 대국할 고수가
있다니! 이토록 사력을 다한 대국은 처음이오. 놀랍고 행
복하외다. 하지만, 내기는 내기! 고양이를 내놓으시오."
자방이 몹시도 억울한 표정을 지으며,
"황송하오나, 한 달 후 다시 저의 도전을 받아 주신다

면 고양이를 내 드리겠습니다."

하며, 못내 아쉬운 시선으로 바둑판을 내려다보았다.

조조도 흔쾌히 화답했다.

"그것은 나도 원하는 바요. 언제든지 고양이를 찾으러 오시오. 상대해 주겠소."

자방은 풀이 팍 죽은 얼굴로 승상부에서 나갔다.

그 후 소문에 의하면, 자방은 칭병하고 조정에 출석도 하지 않고 두문불출, 오로지 바둑만을 연구한다고...

한 달 후,

자방이 조부에 찾아와 조조에게 대국을 청했고,

또다시 천둥·번개가 치는 접전이 벌어졌다.

그리고

이번에는 자방이 이겨 고양이를 되찾았다.

깜짝 놀란 조조가 자방에게 물었다.

"한 달 동안 어떻게 수련을 하였기에 이토록 기력이 늘었단 말이오!!!"

자방이 웃으며 대답했다.

"조정에서 물러날 때가 되어 은거할 자리를 찾고자 암행을 떠나야겠는데 마땅히 고양이를 맡아 줄 능력자가 없어서 승상에게 져주었던 것이외다."

삼국지, 초한지, 열국지, 십팔사략, 육도삼략, 손자병법에도 없는 장량의 썰說이니 자방과 조조가 다른 시대 사람이라고 시비 붙기 없기!

남편의 출근 , 애들 등교로 분주한 아침을 보내고 ,
청소에 빨래까지 마친 , 같은 아파트 또래 아줌마들 셋이
모여 늦은 아침 겸 점심으로 짜장면 곱빼기를 시켜 먹고
거실에 널브러졌다 .

아줌마 1 : 내 배부르니 재벌도 안 부럽구먼 .

아줌마 2 : 미스 코리아도 안 부럽다야 .

아줌마 3 : 나는 누가 와서 덮쳐도 가만있을 란다 .

"거울아! 거울아! 이 세상에서 누가 제일 예쁘냐?"

"일곱 개의 산 너머 숲속 모텔에 있는 미스 백이요."

"뭐라고! 당장 그년의 모습을 비추어라!"

.

.

.

"성인 인증이 필요합니다."

9
조개 사건

1945년. 초여름.
일본 제국주의가 극에 달했을 때였다.

일제가 수탈의 물류기지로 개항시킨 남도의 항구 도시
에도 게이샤들이 공창 유곽을 열어 영업하고 있었다.

젖먹이 때 집을 떠난 아버지가 만주에서 독립군이 되
어 돌아오지 않아, 어머니와 여동생 셋이 사는 열세 살
정빈이는 찬거리라도 할 요량으로 바닷가 개펄에서 망둥
이 낚시를 하고 있었다.

그때,
정빈이의 귀에 일본 말이 들렸다.

둘러보니, 왜놈 순사 마사오가 긴 칼을 차고 거들먹거리며 얼굴에 회칠한 왜인 유녀 나베꼬를 데리고 산보를 나와 바닷가로 내민 바위 끝에서 나불거리고 있었다.

마사오 곁에서는 기모노를 입은 나베꼬가 부채로 얼굴을 반쯤 가리고 몸을 비비 꼬며 호호호 맞장구치고 있었고...

시도 때도 없이 집에 쳐들어와 아버지의 소식을 염탐하고자 어머니와 자신을 겁박하던 악마 같은 마사오였다.

또한,
소년 가장으로서 일찍 세상에 눈을 뜬 정빈은 나베꼬가 무슨 짓으로 먹고 사는지도 잘 알고 있었다.

마사오와 나베꼬가 바위 끝에 주저앉아 다리를 바닷가로 대롱거리며 자리를 잡자 정빈은 갯벌을 한 줌 집어 얼굴에 발라 위장을 한 다음 허리춤에 꽂고 다니는 고무줄 총을 빼 들고 조개를 총알로 재어 쏘았다.

참새잡이 명사수인 정빈의 조개는, 총알 배송 퀵 서비

스처럼 정확하게 나베꼬의 치마 속으로 특송 되었다.

본디 기모노는 속곳을 입지 않는바, 실팍하게 여문 조선
의 조개가 왜녀의 조개와 매우 강력하게 정면 충돌하는,

전대미문,
사상초유의 사태가 벌어진 것이다.

호호거리던 나베꼬가 갑자기 악 소리도 내지 못하고
입에 거품을 물고 쓰러지자 기겁을 한 마사오가 바다 쪽
을 돌아보는 찰나, 두 번째 총알이 마사오의 이마 한가운
데 명중해 마사오도 나베꼬 위로 쓰러졌다.

마사오가 정신을 차렸을 때, 정빈은 이미, 저 멀리 바다
가운데로 헤엄쳐 나간 뒤였다.

미수*객米壽客 정빈은 막걸리 한 잔만 받아 주면, 자
신의 항일 무용담을 찰지게 들려주곤 한다.

* 미수米壽 _88 세를 달리 이르는 말.

아랫도리를 벗은 것 같은 착각을 일으키는 하의 실종 패션이 유행하기 시작할 때, 많은 사람이 우려를 했고, 언론도 부정적인 시각으로 보도했다.

모 공중파가 명동에 나가 생방송 취재를 했다.

행인 女 : 같은 여자의 입장에서도 민망하게 보입니다.
행인 男 : 해외의 몰상식한 스타들의 천한 짓을 따라 하는 게 싫습니다.
앵커 : 이렇듯 젊은 사람들의 눈에도 좋아 보이지 않습니다. 이번에는 좀 더 나이가 드신 어르신의 말씀을 듣겠습니다.
(앵커가 길을 가던, 머리카락이 하얗게 센 할아버지를 카메라 앞에 세웠다.)

앵커 : 어르신! 요즘 젊은 여성들 사이에 아래옷을 아예 입지 않는 것처럼 보이는 패션이 유행인데, 이에 대해 어르신은 어떻게 생각하시는지요?
할아버지 : 허어 참, 세상이 어떻게 되려고 이 지경까지 왔는지 ...

그래도,
나야 고맙지 뭐야... 그래서 만날 명동에 나와.

10
풋콩 서리

1960년대 후반.

남도 황톳길 끝자락.

외가 마을은 낮은 동산을 등 뒤로하고 제법 넓은 평야
를 앞에 두고 그 사이로 시내가 흐르는 평화롭고 아름답
기 그지없는, 지금도 꿈속에 나오는 이상향이었다.

외가 동네에는 혼기가 찬 외사촌 누님이 여럿 있었다.

그때의 처녀들은 스무 살만 넘으면 결혼을 했고 열여
덟, 아홉의 결혼도 허물이 되지 않았다.

스물다섯이 넘으면 노처녀 취급이었다.

혼기가 된 스무 살 내외의 처녀들은 저녁이면 사랑방
에 모여 남포등 아래, 혼수로 쓸 베갯잇 자수를 놓고, 옷

을 짓거나 헌 옷을 꿰매거나 인두질을 하며 수다를 떨었다.

여덟 살. 초등학교 이학년.
도시의 중산층에서 자라는 아이답게 얼굴이 하얗고, 깨끗한 옷을 입고 운동화를 신은 나는 방학이면 기차를 타고 외갓집에 가 개학 때까지 살곤 했다.

누나들의 귀여움을 독차지하며 말만 한 처녀들의 치마폭을 놀이터 삼던 그 시절이 내 정서의 고향이다.
혈기왕성, 한창때의 젊은 처녀들인지라, 청년들과 다름없이 밤이 이슥해지면 배가 고프기 마련이었다.
하지만 먹거리가 어디 그리 흔한 시절이었던가.
집에서 나오면서 자수틀 속에 감추어서 온 고구마, 옥수수 등을 소죽 쑤는 가마솥에 찌거나, 인두를 질러 두는 화로에 구워 먹는 게 고작이었다.

그러다가 동네에 제사가 있는 날이면 야식을 얻어먹을 수도 있었다.
하지만 그 제찬도 그냥 생기는 것이 아니었다.

누구네 제사라는 정보가 입수되면 제사를 끝내고 음복하는 시간을 기다려 바가지를 제삿집 마루에 던지며,

"단자요!"

하고, 소리치고는 재빨리 그늘진 곳에 숨어 있으면 제주가 나와서 바가지를 가져가 이것저것 제찬을 담아내어 놓는 것이 당시 외가 동네의 오랜 풍속이었다.

어지간한 말괄량이가 아닌 한 '단자'에 나설 처자가 없으니, '단자'는 고스란히 내 몫이 되었다.

신바람이 나서 달려가 바가지 가득 제찬을 얻어 가지고 올 때면 개선장군이 된 기분이 들곤 했다.

여름방학이 끝나갈 무렵.

그날은 군것질거리를 가져온 사람도 없었고, 제사도 없었다.

밤이 깊어 바느질 손을 놓고 수다를 떨 때, 외사촌 누나가,

"춘자네 텃밭에 풋콩이 제법 여물었드만..."

하며, 춘자 누나의 얼굴을 쳐다봤다. 춘자 누나가 고개를 끄덕였다.

"낮에 엄마가 막걸리를 걸렀으니까 틀림없이 아빠가 술에 취해 잠들었을 거야."

외사촌 누나의 얼굴에 미소가 번졌다.
"춘자가 갈퀴질 하고, 지숙이가 삼태기에 받고, 말자가 꼴망태에 담아서 이고 오자. 량이는 춘자 아부지 일어나는가 봉창 밑에서 망보고, 영심이는 남아서 소죽 솥에 물 끓여 콩 삶을 준비해."

한두 번 해먹은 솜씨가 아니었다.
착착 역할 분담이 되어 구름 끼어 어두운 상현달밤을 도둑 걸음으로 걸어가 춘자네 텃밭을 습격했다.

춘자네 텃밭 울타리 개구멍으로 침입을 한 처녀 도둑들은 재빨리 콩밭을 갈퀴로 득득 긁어 삼태기에 끌어모아 꼴망태에 담았다.

순식간에 텃밭을 훑어 담은 누나들은 뒤도 돌아보지 않고 외갓집 사랑채로 달려가 가마솥에 꼴망태를 털어 넣고 삶았다.

학교에 가서 친구들에게 몇 달은 써먹을 모험담을 장만한 나는 거의 황홀 지경이었다.

　마침내,
　삶은 풋콩이 커다란 바가지에 담겨 남폿불 아래 놓였다.
　외사촌 누나가 남폿불의 심지를 돋우어 방 안이 더욱 환해졌다.

　풀과 콩잎 속에 숨어 있는 콩 꼬투리를 찾아 갈라서 풋콩을 꺼내 호호 불어 식히며 입속에 털어 넣었다.

　아!
　맛있었다.
　구수하고 달콤했다.
　풋콩의 비린내조차 향기로웠다.
　누나들도 수다를 멈추고 부지런히 손을 놀려 콩을 까먹기에 바빴다.

　한참 동안 허겁지겁 먹어 치워 콩 바가지가 바닥을 드러낼 때쯤, 영심이 누나가,

"으악!"

비명을 지르며 앉은 채로 뒤로 넘어졌다. 다른 누나들
도 바가지를 들여다보고는 일제히

"꺄악!"

소리를 치며 뒤로 물렀다.
뭔데?
들여다보았다.

바가지 가운데 알록달록 예쁘게도 생긴 꽃 배암 한 마
리가 콩과 함께 삶아져 누워 있었다.

동화 낭독 모임에서 만난 애기들의 이야기.

"너, 엄마가 잭과 콩나물 읽어 주던?"

"벌써 들었지. 지금 뱃살 공주와 일곱 난쟁이 듣고 있어. 너는?"

"아기 돼지 삼겹살 두 번째 듣는데, 지겹다.
그래서 다른 책 읽어 달라는데 엄마가 안 읽어 준다."

"무슨 책인데?"

"요즘 애들 사이에 뜨는 책인데 좀 야한가 봐"

"뭔데?"

"헨델과 그랬대."

11
외갓집

1960년대.

국민학교 이 학년 때부터 토요일이 되기를 기다렸다가 무조건 증기 기관차를 타고 외갓집으로 갔다.

집이 역전에 있었고, 외갓집은 세역만 가면 되었기에 혼자서도 갈 수 있었다.

기차에서 내리면 구불구불 끝없이 뻗은 황톳길이 정겹게 어린 나를 맞이했다.

비록 시오리 길을 걸어야 했지만, 단 한 번도 외갓집 가는 길이 멀게 느껴진 적이 없었다.

비가 내린 뒤에는 온통 진창이 되어
'마누라 없이는 살아도 장화 없이는 못 사는'
황톳길.

어른이고 아이고 모두 고무신을 신고 다닐 때, 나는 도시에서 좀 사는 집 아이답게 운동화를 신고 있었기에 길이 질퍽거릴 때면 운동화를 벗어 끈을 서로 묶어 목에 걸고 맨발로 걷곤 했다.

유리 조각이나 자갈 하나도 박히지 않는 순 황토 땅은 맨발로도 걸을 만했다.

그마저도 너무 질퍽해 발목까지 빠지면 용기를 내어, 기차가 올까 봐 불안해 열 걸음 걸어 철로에 귀를 대어 기차 오는 소리를 들어가며 철길을 따라 걷기도 했다.

철길을 따라 걷다가 기차가 오는 기미가 보이면 집에서부터 소중하게 가지고 갔던 녹슨 못을 철길 위에 늘어놓고 갓길 수로에 숨기도 했다.

그리고는 기차가 지나간 후, 작은 칼처럼 납작하게 눌린 못을 수확했다. 학교에서 친구들의 부러움을 한껏 사는 최고의 장난감이었다.

그렇게 외갓집이 있는 고갯마루에 서면,
지금도 가끔 꿈에 비치는 아름답고 정겨운 광경이 나타난다.

정수리에 자그마한 솔밭을 이고 있는 낮은 동산을 등에 지고 제법 큰 동네가 들녘을 앞에 두고 있었다.

동네 가운데, 올망졸망한 수십 채의 초가집에 둘러싸인 커다란 기와집이 외갓집이었다. 들녘의 땅도 대부분 외갓집 소유였다. 집성촌인지라, 모두가 친척이기도 했다.

고갯마루에서 내려서면, 긴 댕기 머리를 하고 튼실한 엉덩이를 실룩거리며 들 샘에서 물을 길어서 이고 가는 누나들이 보이고, 볏논에서 피사리를 하는 동네 형들도 보이고, 하늘 닿게 나뭇짐을 쌓아 올린 지게를 지고 가는 아저씨들, 마을 앞마당에서 황소에게 돌을 묶어 쟁기질을 박는 할아버지들도 계셨다.

사계절 풍광이 바뀌고 하는 일도 바뀌어 항상 새롭게 다가오는, 전형적인 자급자족형 농촌이었다.

마주치는 모든 사람에게 큰소리로 외치듯 인사말을 하며 고개가 땅 닿게 인사를 하는 나는 온 동네의 귀염둥이였다. 그러니 외갓집 나들이가 신이 날 수밖에.

저녁이면 동네 형들이 모여 앉아 새끼를 꼬고, 가마니

를 짜고, 짚신을 삼는 사랑방의 자욱한 담배연기 속에서 세상의 온갖 음담패설을 들으며 조기 성교육을 받기도 했고, 월남전에 참전했던 형에게서는 살육의 피비린내가 진동하는 무시무시한 무용담을 무삭제로 듣기도 했다.

담배 연기에 질식할 것 같으면 누나들이 모여 있는 사랑방으로 건너갔다.

누나들은 저녁이면 한 방에 모여 혼수로 쓸 자수를 놓거나, 옷을 짓거나, 헌 옷을 때우는 바느질을 했다.
스물 안팎의 다 큰 처녀들이 한방에 모여 내뿜는, 뒷골이 아득한 여성 호르몬 내음이라니!

자수를 놓으려면 쳇바퀴처럼 생긴 자수틀에 천을 놓고 씨줄과 날줄이 보이도록 팽팽하게 테를 씌워야 했다. 하지만 사방이 팽팽하게 테를 씌우는 일이 쉽지 않아 몇 번이고 다시 빼 끼우곤 했다.
그럴 때면 내가 펄쩍 뛰어 두 발로 테를 동시에 밟아 테를 제대로 박아 주는 재주를 부리기도 하고, 어두침침한 남포등 아래서 바늘귀에 귀신처럼 실을 끼워주는 신공을 펼쳐 누나들에게도 인기가 높았다.

하룻저녁에도 수십 번씩 말 만큼 큰 처녀들에게 뽀뽀와 고추 만지기를 당하면서도 처녀들의 수다를 듣는 재미를 놓칠 수는 없었다.

하지만, 꿈같은 세월은 오래가지 않았다.

전통 주거문화를 파괴하고 민족 정체성마저 말살해 한 민족에게 영원히 아물 수 없는 상처를 남긴 새마을 운동이라는 개발독재가 시작된 것이다.

순식간에 전국의 마을들이 손으로 문질러도 부스러지는 불량 블록과 발암물질이 든 슬레이트로 지어진 난민촌으로 바뀌어 버렸다.

그와 함께 처녀들도, 총각들도 모두 공장 근로자, 가사도우미 등.. 서울의 하층민으로 떠났다.

결국
외갓집도 민속촌에 집을 팔고 도시로 떠났다. 외갓집

은 해체되어 관광지에 재조립되었고, 외가 마을에는 도시로 떠나지 못한 연로하신 친척 어르신들 몇 분이 남았으나, 그나마 오래전에 모두 돌아가셨다.

한 마을이 통째로 사라진 것이다.
나는 외갓집을,
그리고 한 집성촌의 일가친척 모두가 고향을 잃어버렸다.

그때의
그 형,
그 누나들.
이제는 팔십 살에 이르렀을 것이다.

그 꿈속 같던 고향을 잃어버리고 차가운 서울의 시멘트 숲속, 어디에서 쓸쓸히 죽음을 기다리고 있을까.

여성용품 가게에서...
예쁜 아가씨 점원이 머뭇거리는 남자에게 물었다.

"무엇을 도와드릴까요?"
"마누라 장갑을 사려는데 크기를 몰라서.."
"제 손을 잡아 보고 가늠하셔요."

아가씨 손을 만지작거리며 이리저리 살펴보던 남자가 말했다.

"마누라 손가락이 좀 짧고 바닥은 더 두툼하네요."
"그럼. 이게 딱 맞을 겁니다."

아가씨가 장갑을 포장하는데 남자가 말했다.
.

.

"마누라 브래지어도 사려는데요..."

12
단감 서리

칠월 그믐밤.

달도 뜨지 않은, 칠흑같이 어두운 무월광의 밤.

고양이 걸음으로 기듯이 마을 뒤안길을 지나가 토담 밑에 숨었다.

아드레날린이 폭주해 침이 마르면서 손바닥에 땀이 나고, 숨이 차올랐다.

중학생인 이종형이 박을 반으로 잘라 만든 바가지를 철모처럼 내 머리에 씌우고 보자기 네 귀를 묶어 만든 자루를 허리춤에 매어 주었다.

그리고

등을 돌려 담에 손을 짚었다. 나는 이종형의 등을 사다리 삼아 밟고 올라가 담을 넘었다.

초등학교 삼학년 때였다.

"칙칙폭폭 폭폭 칙칙 빼애액!"

하얀 수증기를 구름처럼 뿜어 올리며 달리는 새카만 증기기관차 미카!

주먹을 불끈 쥐고 뛰는 달리기 선수처럼 피스톤에 달린 크랭크를 앞뒤로 힘차게 휘두르며 달리는 증기 기관차는 아무리 보아도 싫증 나는 법이 없었다.

집이 종착역의 역전에 있었고, 외갓집이 세역 떨어진 곳에 있었으니, 보기만 해도 황홀한 미카를 직접 탈 기회를 놓칠 내가 아니었다.

토요일이면 무조건 미카를 타고 외갓집에 갔다.

그날도 토요일을 손꼽아 기다려 외갓집에 갔다.

외갓집에 갈 때마다, 어머니는 십 리를 가도록 다 빨아 먹지 못한다는 단단한 왕사탕인 '십 리 사탕'을 한 봉지 사주셨다.

1960년대,

전기도 들어오지 않은, 호롱불 깜박이는 시골 동네에서 십 리 사탕의 인기는 말로는 이루 다 할 수 없었다.

아이들만 좋아한 게 아니었다.

곰방대로 담배를 오래 피워 해수 기침에 시달리는 꼬부랑 할머니들도 사탕을 머금을 때만큼은 기침을 쉴 수 있어서 손을 내미시곤 했다.

외가 동네에 들어서는 고갯마루에서 중학교 삼 학년생 이종형을 만났다.

중학교 삼 학년 생이었지만,

입학이 늦어 고등학생 나이에 코밑에 수염자리가 거뭇하고 쉰 목소리를 내는 수컷이었다.

이종형은 내가 인사로 준 십 리 사탕 하나에 만족하지 않고 눈을 빛내며 사탕 봉지를 노려보았다.

하지만

나는 겁이 나지 않았다.

외갓집이 동네 제일 부자였고, 들녘의 논도 거의 외가 소유였다.

이종 형네도 외갓집 논의 소작농이었다.

따라서

내 사탕 봉지를 강탈했다가는 집성촌인 동네 전체의 공적이 되고 멍석말이도 각오해야 할 터……

이종형의 심중을 간파한 나는 흥정을 했다.

"새 소리 들려주면 하나 더 줄게."

이종형이 함빡 웃으며 두 손을 모아 쥐고 손바닥 사이로 입김을 불어 넣어 뻐꾸기, 부엉이, 오리, 닭 울음소리를 들려준 뒤, 소, 염소, 말, 돼지 울음까지 서비스했다.

정말 신기할 정도의 개인기였다.

나는 흔쾌히 사탕을 하나 더 주고, 다시 하나를 손에 들고 흥정했다.

"오늘 저녁에 형아들 노는데 나도 끼워줘."

이종형은 바로 대답을 하지 않고 눈동자를 현란하게 돌려 뭔가를 생각하는 눈치더니,

"알았어."

하며, 사탕을 달라고 손을 내밀었다.

하지만

나는 그렇게 만만한 아이가 아니었다.

"저녁에 재미나면 줄게."

이종형이 손을 거두며 말했다.

"그럼 부엉이 울음소리가 나면 나와라."

이종형네 집의 소청에 동네 악동들 대여섯이 모였다.

소청은 소 한, 두 마리를 묶어 키울 수 있는 작은 외양간과 꼴을 쌓아 두는 공간, 그리고 소죽을 쑤는 아궁이와 연결된 작은 온돌방으로 이루어진, 소를 가족처럼 여기며 사는 전통 농가의 문간채였다.

두엄과 소똥 냄새, 흙냄새가 가득한, 장판 대신에 거친 멍석이 깔린 방의 남포등 아래 초등학교 5,6학년생과 중학생 대여섯 사이에 초등 삼 학년 생이 끼게 된 것이다.

장난의 절정은 단연 작은 도둑질인 서리였다.

대장 격인 이종형이 명령하듯 말했다.

"호랭이 할매네 단감을 서리하자!"

모두 흠칫했다.

동네에서 제일 무서운 욕쟁이 고조할머니였다.

항렬이 가장 높아 거칠 것이 없는 할머니였다.

얼굴이 온통 주름살에 덮여 몇 살인지도 알 수 없을 만큼 늙었지만, 짚고 다니는 지팡이를 휘두를 때면!

공기를 가르는 파공음과 함께 빛처럼 빠르게 날아오는 지팡이에 얻어맞지 않은 동네 애들이 없었다.

하지만,

당시에는 떫고 씨만 가득한 달걀 크기의 재래종 감이 아닌, 주먹만큼 큰 단감은 아주 귀한 먹거리였다.

단감나무 자체가 한 마을에 몇 그루 되지 않았다.

모두 겁에 질려 서로 얼굴을 마주 보면서도 입맛을 다셨다.

형이 우쭐거리며 말했다.

"짜식들, 겁나냐? 호랭이 할매 요즘 많이 아파서 달리지도 못해. 그러니까 걸리더라도 내빼면 그만이야. 무거운 사람이 올라가면 자칫 가지가 부러져 떨어지면 다치거나 죽을 수도 있으니 가벼운 량이가 올라간다. 너 자신은 있냐?"

모두의 시선이 내게로 향했다.

심장이 쿵쾅 뛰었지만, 당시에는 또래보다 몸집도 작고 몸무게도 가벼웠다.

나무타기에도 자신이 있었다.

주먹을 불끈 쥐고 장담했다.

"알았어. 내가 따올게."

이종형이 윷놀이에서 윷을 내어 앞서 가던 말까지 잡은 것 같은 표정을 지었다.

"그래! 너는 용감하니까 해낼 수 있을 거야! 근데 말이야, 너 어떻게 단감을 따올 건데? 이 밤중에 감 잎사귀와 감을 어떻게 구분해 딸 거야? 어두운 데서 보면 감과 잎사귀를 구분할 수 없다고."

도둑질도 아무나 하는 것이 아니었다.

기술과 경험이 필요한 것이었다.

꿀 먹은 벙어리가 된 나에게 친척 형이 감서리 특강을 해주고 덧붙였다.

"모두 함께 가서 망을 봐주고 공평하게 나누는 것이 서리야. 그러니까 너는 걱정하지 말고 감만 따와. 망을 보고 있다가 누군가 오면 내가 부엉이 소리를 한번 낼게. 그러면 잽싸게 담을 다시 넘어와."

그렇게 해서 호랭이 할매네 담을 넘게 된 것이었다.

감나무를 오르기는 어렵지 않았다.

조심스럽게 나무를 껴안고 어른 키 두 배쯤 올라가니 가지가 갈라져 발을 딛고 설 수가 있었다.

이종형의 가르침대로 바가지를 쓴 머리를 나뭇잎 사이로 밀어 넣어 소리가 나지 않도록 살그머니 휘둘렀다.

나뭇잎이 스치는 소리만 나기에 자리를 약간 이동해 다시 움직였더니 바가지 한쪽에서 '똑' 하는 소리가 들렸다.

가만히 바가지 위로 손을 올려 똑소리가 난 곳을 더듬었다.

과연!

거기에 딱딱한 감이 있었다!

온몸이 붕 뜨는 것 같은 성취감!

순간에 온몸이 달아오르며, 용기가 솟았다.

감을 비틀어 따 포대에 담고 다시 고개를 흔들어 또 하나 따고 좀 더 높은 가지로 올라가 고개를 흔들었다.

연달아 똑똑 소리가 났다.

그리하여

감 서리에 무아지경이 되어 계속해서 위로 올라가며 연거푸 감을 따 담았다.

그때!

"부우우엉"

소리가 들렸다.

다급했는지 누구나 사람의 흉내라는 걸 알 수 있는, 어설픈 부엉이 소리였다.

화들짝 놀라,

감나무 아래를 보니 남포등을 든 호랭이 할매가 지팡이를 높이 쳐들고 있었다.

감을 딸 욕심에 무턱대고 올라와 얼마나 높이 올라왔는지는 몰랐는데, 남폿불이 까마득하게 아래쪽에 있었다.

겁에 질려 나무를 꼭 껴안고 얼어붙어 버렸다.

"네 이놈! 이 도둑놈의 새끼! 당장 내려오지 못할까!"

호랭이 할매의 불호령이 입에 담지 못할 욕설과 함께 밤하늘을 갈랐다.

담 뒤에서 형들이 후다닥 튀어 도망가는 소리가 들렸다.

온몸이 떨리면서 오줌을 지릴 것 같았지만, 다른 수가 없었다.

이를 악물고 천천히 내려갔다.

가지가 끝나고 미끈한 밑동에 이르러 발 디딜 곳이 없어 그대로 나무를 껴안고 주르르 미끄러 떨어져 땅바닥에 엉덩방아를 찧고 말았다.

그 바람에 포대가 풀어져 감이 쏟아져 나와 제멋대로 사방으로 굴러 도망갔다.

엉덩방아를 찧으며 주저앉자마자, 할매가 지팡이를 놓고 쇠갈고리 같은 손으로 멱살을 잡아당겼다.

그리고 남포등을 얼굴에 들이밀었다.

할머니에게만 내 얼굴이 보이는 것이 아니라, 내게도 할머니의 얼굴이 보였다.

어두운 밤중에 서리하다 혼자 잡혀, 온통 주름살투성

이 호랑이 할매의 얼굴을 남포등 불빛으로 보고 만 것이었다.

지금도 잊히지 않는, 호러영화의 한 장면이었다.

마귀할멈…….

할매가 고개를 숙여 내 얼굴을 들여다보며 말했다.

"종묵이 외손지 새끼고만. 금순이 대처에서 잘 산다드만 거짓뿌렁이었네. 새끼가 외갓집에 와서 도독질이나 하고!"

외할아버지와 어머니의 이름을 함부로 부르며 할매가 멱살을 잡은 손에 힘을 주었다.

외할아버지와 어머니의 이름을 듣자 갑자기 용기가 솟았다.

'이까짓 감 몇 개 가지고!'

하는 오기가 생겨 이를 악물고 눈을 똑바로 뜨고 할매를 마주 보려는 순간,

할매가 숨을 헐떡이더니 기침을 마구 쏟아 냈다.

남포등이 흔들거리고, 멱살을 잡은 손에 힘이 풀렸다.

연 달이 터지는, 가슴 속에서 올라오는 깊은 기침에 할매는 숨을 미처 쉬지 못하다가 급기야는 멱살을 잡은 손을 놓고 땅바닥에 퍼더버리고 앉아 쉴 새 없이 기침했다.

할매의 손아귀에서 벗어난 나는 땅바닥에서 일어나 도망치려다가, 그대로 갔다가는 할매가 돌아가실지도 모른다는 생각이 퍼뜩 떠올랐다.

주머니에서 이종형에게 주려고 담고 왔던 왕사탕을 꺼내 비닐을 벗겨 할매의 입에 물려주고 할매의 등을 쓰다듬었다.

겨우 기침을 진정시킨 할매가 내 어깨를 잡고 몸을 일으켜 세웠다.

남포등을 들고 할매를 부축해 초가삼간으로 내려갔다.

할매가 남포등을 받아 처마 밑의 철사 고리에 거니, 쪽마루가 환해졌다.

할매가 마루로 올라서며 말했다.

"어서 가서 자고, 날이 밝으면 와서 딴 감 주워 가거라."

단감 서리

호랭이 할매 집에서 나와 이종형네 소청으로 코를 씩 씩 불며 달려갔다.

소청에 불이 꺼져 있었고 아무도 없었다.

화가 치밀어 어두운 소청에 대고 소리쳤다.

"의리 없는 것들! 너그덜이 형아냐!"

괜스레 소청 문짝을 발로 힘껏 몇 번 차고 외갓집으로 돌아갔다.

그날 이후,

그때 함께 서리를 나갔던 애들에게는 절대로 사탕을 나눠주지 않았다.

그날 이후.

남의 집에서 나올 때는 엉덩이를 털어 먼지까지도 놔 두고 왔다.

초딩 아들이 예쁜 여학생을 좋아하는데 너무 소심해서
혼자만 끙끙대고 있는 눈치다.

아빠가 격려했다.

"아들아. 용감하게 좋아한다고 고백해라.
용기 있는 자가 미인을 얻는단다."

아들이 아빠를 물끄러미 쳐다보다가 대답했다.

"그런데....

아빠도 정말 용기가 없었나 봐요."

아들의 말에 당황한 표정을 짓던 아빠가 작은 목소리로 대답했다

"아들아. 그, 그런 게 아니고...

엄마가 용감했단다."

13
베프

1970년대.

항구 도시의 변두리에 작은 국민 학교가 있었다.

유서 깊은 도심의 학교와는 달리, 주변 섬이나 농촌에서 흘러들어온 가난한 이들이 사는 바닷가 저습지에 급하게 생긴 신생 학교라서 학생 수는 많았지만, 건물도 초라했고 선생님들도 열정이 없었다.

아이들 중에서도 유독 입성이 더 초라하고 체구도 작은 여자아이가 있었다.

남자아이들이 신는 검정 고무신, 그것도 제 발보다 더 크고 닳고 닳은 신발을 질질 끌고 다녔고, 옷도 남이 입다 버린 옷을 주워 입은 듯, 엉덩이와 팔꿈치가 튀어나왔고, 머리도 언제 감았는지 떡이 져 있고, 머릿니도 기어

다녔다. 누렇게 흘러나오는 코를 소매로 문질러 닦아 옷 소매에 코가 눌어붙어 반질거렸다.

　공부도 잘하지 못했고, 특별한 장기도 없었다.

　또한,

　오전 수업만 하던 저 학년 때는 몰랐지만, 도시락을 싸 와야 하는 사 학년부터는 점심시간이면 수돗가에서 물을 마시고 친구들의 눈에 띄지 않는 그늘에 숨어 있다가 나 오곤 했다.

　아무도 짝꿍을 하고 싶어 하지 않는 아이였고 선생님 까지도 눈 여기지 않았던 터라 결석을 한다고 해도 모를 아이였다.

　하지만,

　그 아이는 사 년을 개근했다.

　아이가 오 학년이 되었을 때, 교육대학을 갓 졸업한 초 임 선생이 담임으로 부임했다. 선생은 아이가 혼자 앉는 것을 두고 보지 않았다.

　"지숙이와 짝꿍 할 사람 손 들어라."

당연히 아무도 손을 들지 않았다.

선생님도 곤란했다.

누구를 지명해 억지로 앉혔다가는 그 아이의 부모가 당장 쫓아 올 터였다.

그때,

"제가 하겠습니다!"

하는 아이가 있었다.

유라였다.

반 아이들 모두 깜짝 놀랐다.

유라는 우뚝 선 콧날에 커다란 눈, 하얀 얼굴을 가진 키 큰 여자애였다.

노래도 잘 부르고, 글짓기도 잘하고, 공부도 잘하고, 달리기도 잘하는 팔방미인이었다.

성깔도 있어서 잘못된 일을 보면 남자아이일지라도 혼을 내주는 용감한 아이였다.

유라는 나비 장식이 붙어 있는 빨간 에나멜 구두를 신고 하얀 원피스를 입고 두 갈래로 땋은 머리끝에 예쁜 핀을 꼽고 다니는, 누구나 친구가 되고 싶어 하는 아이였다.

사 학년까지 매년 반장이나 회장을 했고, 올해 오 학년 일반의 반장도 떼 놓은 당상이었다.

유라는 곧바로 책가방을 들고 지숙이의 옆자리로 가서 앉았다.

다음날에는 지숙을 보고 반 아이들이 깜짝 놀랐다.
지숙이가 깨끗한 얼굴로 학교에 온 것이었다!
터진 곳이 말끔하게 꿰매진, 깨끗하게 빤 옷을 단정하게 입고 있었다.
머리카락도 단발머리로 반듯하게 잘려져 있었다.
발에 꼭 맞는 새 고무신도 신고 있었다.
그리고...
코가 흐르면 주머니에서 손수건을 꺼내 닦는 것이었다.

점심시간이 되자, 밖으로 나가려는 지숙을 유라가 잡았다.
"너랑 같이 먹으라고 엄마가 도시락 두 개 싸주었어."

그날부터 아무도 지숙을 무시하지 않았다.

지숙은 성적도 점점 올라갔고, 아이들과도 곧잘 어울리게 되었다.

지숙과 유라는 말 그대로 단짝 짝꿍, 친구가 되었다.

그렇게 두 어 달이 지난 오 월 말, 지숙이 유라를 초대했다.

"엄마가 너를 꼭 보고 싶다고 데리고 오라 했어. 너 온다고 며칠 전부터 집도 치우시고."

지숙이네는 섬에서 이사 와 바닷가의 무허가 판잣집 동네에 살고 있었다.

지숙이 엄마는 호미와 삽을 들고 개펄에 나가 조개를 캐고, 게를 잡고, 낙지를 파내어 시장에 팔아 술주정뱅이 남편과 지숙이와 어린 남동생을 먹여 살리고 있었다.

"간다고 해도 토요일 오후 밖에 못 가. 엄마에게 허락도 받아야 하고."

"응, 나도 알고 있어. 이번 주 토요일 날 너희 집으로 함께 가서 네 가방 두고 우리 집에 가서 점심 먹자. 엄마가 그때 홍합 따온다고 그랬어."

지숙이네 동네 앞바다 가운데, 썰물이면 모습이 드러나는 커다란 암초가 있었는데, 그 암초를 홍합이 발 디딜 틈도 없이 새카맣게 뒤덮고 있었다. 그래서 지숙이네 동네 아주머니와 아저씨들이 가끔 배를 저어가 홍합을 따다 시장에 내다 팔곤 했다.

토요일.

유라는 지숙을 데리고 집으로 갔다.

유라네 아빠는 근교의 밭에서 재배한 농산물을 모아서 광주나, 서울 등지로 올려보내 파는 중매 상인으로 동네 사람들에게 품삯을 주는 물주였다.

살림살이가 넉넉해 길거리가 깔끔하고 교실이 번듯한 시내에서 살 수도 있었지만, 농산물을 수확할 일손이 많고, 농토와도 가까운 변두리에 동네에 하나뿐인 이층집을 지어 살고 있었다.

유라의 부모님은 아들 넷에 딸 하나인 유라를 끔찍하게 사랑했다.

하지만,

집에 엄마가 계시지 않아 유라는 엄마를 기다려야 했다.

"지숙아, 엄마에게 허락을 받지 않고는 갈 수 없어. 너 혼자 가라."

"아냐. 올 엄마가 너한테 만날 점심 얻어먹는다고, 너무 미안해서 밥 한 그릇이라도 먹이고 싶다고, 네 얼굴도 꼭 보고 싶다고, 오늘은 홍합 따오면 시장에 팔지 않고 우리 준다고 했어. 기다릴게."

"그래도 지숙아, 배고프면 말해. 엄마가 혼자 일찍 오면 밥 먹으라고 항상 밥과 반찬을 준비해 놓으시거든."

"아냐. 우리가 가지 않으면 우리 엄마도 점심을 드시지 않을 거야."

오래지 않아 유라의 어머니가 왔다.

"유라 어머니 감사합니다. 어머니가 제 도시락까지 챙겨 주셔서 제 키가 많이 컸어요."

지숙이가 어른스럽게 인사를 했다.

"네가 지숙이구나. 참 착하게 생겼네. 유라가 네가 참 좋은 아이라고 하더라. 엄마가 좀 늦었구나. 유라야, 지숙이랑 밥 먹었지?"

"아니에요. 지숙이 엄마가 우리 기다리신대요. 나 밥

준다고요."

"저런! 저런! 어서 가거라."

지숙과 유라는 바닷가 길을 따라 한참을 걸어 점심때가 훨씬 지나서 지숙이네 동네에 도착했다.

유라는 배도 고프고 목도 말랐다.

하지만

유라는 물 한 모금도 먹지 못했다.

동네 앞에 병원차와 경찰차가 세워져 있었고, 어른들의 울음소리가 하늘을 울리고 있었다.

"아이고! 아이고! 여보! 눈떠! 눈떠 보라고!"

"여보! 여보! 세상에나! 이일이 뭔 일이요!"

지숙이가 동네 가운데 주막집 앞 평상 위에 누워 있는 아저씨를 부둥켜안고 우는 아주머니를 향해 뛰어갔다.

"엄마! 엄마! 왜 울어! 나, 유라 데리고 왔는데."

누가 보아도 모녀지간으로 보이는, 지숙처럼 몸집이 작고 코가 납작하고 눈 사이가 넓은 아주머니가 울부짖었다.

"네 아빠가, 네 아빠가! 숨을 안 쉰다. 숨을 안 쉬어!"

평상 위에는 아저씨 세 사람이 누워 있었다.

유라가 황급히 달려가 보니, 하얀 가운을 입은 의사가
세 사람의 가슴에 차례로 청진기를 대보고 경찰에게 말
했다.

"호흡과 심장 박동이 현저하게 미약합니다. 일 초라도
빨리 큰 병원으로 데리고 가야 합니다."

"어떻게 이런 일이?"

경찰이 묻는 말에 의사가 평상 위에 놓여 있는 술상을
가리키며 말했다.

"현재 환자의 징후 및 역학적 소견으로는 복어 독인 테
트로도톡신 중독으로 보입니다. 이즈음 복어가 홍합 속
에 알을 낳는 경우가 왕왕 있고, 작년에도 유사한 사망
사고가 이쪽 해안에서 몇 건 보고되었거든요"

유라와 함께 먹으려고 시장에 내다 팔지 않고 삶아서
상 위에 차려 놓은 홍합을 지숙의 아버지가 통째로 들고

나와 동네 술친구와 안주를 했던 것이었다.

날마다 아내가 조개를 팔아 번 돈을 빼앗아 술을 마시고 이틀이 멀다고 아내와 자식들에게 폭력을 행사하던 지숙의 아버지는 병원으로 가는 도중에 세상을 떠났다.

지숙과 유라가 조금만 일찍 왔어도 그 홍합을 먹었을 터였다. 지숙의 엄마와 어린 남동생까지...

국어 시험을 보고 온 초등 아들에게 엄마가 물었다.

"오늘 시험 잘 쳤어?"
"한 개만 빼고 다 맞았어요."
"무슨 문제를 틀렸는데?"
"보통의 반대말이 뭐냐는 문제였어요."
"뭐라고 썼기에 틀렸니?"

"곱빼기요."

보통 반대말 아시는 분!

14
교생실습

국민학교 삼 학년 때.
교육대학생들이 실습을 나왔다.

반장이라서 친구들보다 좀 더 일찍 등교해 교실 자물
쇠를 열고 들어갔더니 뒤쪽에 의자가 붙어 있는 작은 책
상 다섯 개가 놓여있었다.

그리고!
담임을 따라 청년 넷과 아가씨 한 명이 들어왔다.
그때는 지금과 정반대로 남자 선생님들이 압도적으로
많았고, 여자 선생님은 홍일점이었다.

문제는!
새카만 남자 사람들 가운데 그때까지 살아 온 십 년의

삶 속에서 가장 예쁜 여자 사람이 서 있다는 것이었던 것
이었다!

분홍색 투피스 정장부터 눈이 휘둥그레질 판이었다.

당시에는 쪽진 머리에 고무신을 신고 검은 치마에 하
얀 저고리를 입은 어머니들도 드물지 않았고, 어머니든,
누나든 대부분 여성들의 얼굴에 색채 화장이 없었다.

하지만

그 천사님은 날씬한 몸매에 멋진 옷을 입고 손바닥만
큼 작은 새하얀 얼굴에 빨간 입술, 긴 속눈썹, 초승달 같
은 멋진 눈썹, 그리고 빨간 모자까지 쓰고 있었다.

아! 아!

십 년 인생살이에서 보아 온, 모든 여성은 흑백이었
고!!!

그날의 그분만이 오직 컬러였다!

"김인숙!"

그 천사님의 이름이었다.

그날 이후 어찌 되었을까?

인숙 님의 수업 시간에는 아무도 질문에 답할 수 없었다.

답을 알고 있는 급우들도 나의 도끼눈에 후환이 두려

워 손을 들 수 없었다.

오직 나만이 손을 들고 답을 했다.

더더욱!

며칠 후 인숙님의 퇴근길에 동행하게 되어 인숙 님의 집이 우리 집과 멀지 않다는 것을 알게 되었다.

다음 날부터 아침 일찍 인숙 님의 집 앞에 가서 천사의 도시락을 받아 들고 손을 잡고 학교에 오는 천은을 누리게 되었다.

전교생의 부러운 눈 딱총을 의연하게 견디면서…….

인숙 님은 퇴근 후 회식이나 볼 일이 있을 때면 나를 불러 도시락 가방을 주면서 집에 가져다 달라는 행복한 심부름을 시키기도 했다.

인숙 님의 집은 마당에 수도가 있는 기역자 기와집이었다.

당시로는 중산층인 셈이었다. 인숙 님의 어머니가 매번 머리를 쓰다듬어 주고 알사탕을 주었다.

그리하여,

싸가지 없는 책을 좀 일찍 읽었던 관계로 나름 계산해 보니 인숙 님과의 나이 차이가 딱 열 살에 불과했다.

예전의 꼬마 신랑과 신부도…….

나는 지극 정성으로 인숙 님의 출퇴근에 동행을 하고 놀라운 예습으로 인숙 님의 수업 시간에 압도적인 실력을 과시해 총애를 한 몸에 받게 되었다.
하지만,
교생 실습은 사 주일, 한 달에 불과했다.
끝나는 날이 다가올수록 애가 닳고 피가 말랐다.
그러나.
받아 놓은 날은 도망을 가지 않았고,
무정한 시간은 흘러 마침내,
이별의 날이 왔다.

가슴이 무너진 꼬맹이는 그날 더욱 일찍 인숙 님의 집으로 갔다.
대문이 살짝 열려 있어 밀고 들어갔다.
어머니가 수돗가에서 양동이에 물을 받고 계시다가 끔쩍 반겼다.
"에고, 부지런도 하지! 네가 일등이라며! 인숙이가 네가 젤로 똑똑하다고 말하더라."

순간,

몸과 마음이 하늘로 붕 떠올랐다.

"인숙이 대학으로 돌아가더라도 가끔 집에 놀러 와라."

세상에나!

분명 하느님은 내 편이었다.

"선생님은요?"

"에고, 이년이 어제 쫑파티에서 술을 얼마나 쳐마시고 왔는지 아직도 안 일어났다. 인숙아! 인숙아! 어서 일어나라! 애가 너 데리러 왔다!"

잠시 후, 방문이 열렸다.

그리고.

머리가 헝클어지고 화장이 얼룩진 인숙 님의 생얼이 나왔다.

당시에는 눈썹을 밀고 펜슬로 그리는 화장법이 유행이었다.

눈썹도, 속눈썹도(붙이는 눈썹이 있다는 사실은 몇 년 후에 알았다.) 없고, 화장독이 올라 푸르뎅뎅한 얼굴에 입술연지가 위아래로 번진!

비슬비슬 나와 마루에 걸터앉은 인숙 님은 입을 쩍 벌

려 목젖과 충치가 보이도록 하품을 한 후 걸쭉한 트림과
함께 마루가 울리는 방귀를 뀐 다음에,

"량이 왔냐. 오늘은 끝나는 날이라서 늦게 가도 된다.
너 먼저 가거라."

인사도 하는 둥 마는 둥,

주춤주춤 뒷걸음질 쳐 인숙 님의 집을 나와 학교로 내
쳐 달려갔다.

그날.

하느님은 내 편이 아니었다.

에덴동산

이브가 여호와에게 물었다.

"아담은 참 잘 생겼어요. 왜 그렇게 멋지게 만드셨어요?"
"그래야 네가 반할 것 아니냐?"

"왜 그렇게 용감하고 힘이 세죠?"
"그래야 너를 먹여 살릴 거 아니냐."

"그런데.... 너무 밝히는 거 같아요."
"그래야 너를 좋아할 거 아니냐."

아담이 여호와에게 물었다.

"이브는 너무 예뻐요. 왜 그렇게 예쁘게 만드셨어요?"
"그래야 네가 이브를 사랑할 것 아니냐."

"그런데, 좀 멍청한 것 같아요."
"그래야 너를 사랑할 것 아니냐."

15
사랑이여

국민학교 오 학년 때였다.

일요일 새벽,

주전자를 들고 아랫동네 시장으로 달려갔다.

아버지가 즐겨 드시는 콩물을 사러 가는 길이었다.

선친은 갓 끓여낸 따뜻한 콩물을 무척 좋아하셔서 아침마다 식전에 한 대접씩 드셨는데, 나중에 생각해 보니, 호주가이셨던 아버님의 해장국이었다.

평일에는 새벽에 출근하는 밥 짓는 아주머니가 사 오거나, 아버님께서 나가시곤 했는데, 일요일엔 내가 종종 사러 갔다.

나는 어렸을 때부터 새벽잠이 없어서 선친을 따라 새

벽 등산이나, 새벽시장 구경 가는 것을 좋아해서 1녀 5남
의 자식 중 유독 아버님의 사랑을 받았다.

아버님은 심부름 용돈에도 후하셔서 콩물 심부름은 짭
짤한 알바이기도 했다.

그날,

눈을 떴을 때 밖이 훤했으니, 초여름 무렵이었나 보다.

겉옷을 입고 마당에 나갔다.

아버님은 벌써 기침하셔서 체조하고 계셨다.

세수하고 부엌에 가서 한 되짜리 작은 주전자를 가져
오니 붉은색이 도는 십 원짜리 지폐 세 장을 주셨다.

두 장은 콩물값, 한 장은 심부름 값이었다.

당시 최고의 인기 상품이던 라면 한 개의 소매가격이
이십 원이었다.

십 원의 가치를 떠나서 도대체 돈이라는 것을 구경하
기 힘든 세상이었기에 용돈을 받는 아이는 우리 반에서
도 손에 꼽혔다.

비스킷에 달콤한 크림을 발라 두 쪽을 맞붙인 '산도'가
최고의 과자였는데, 다섯 개를 겹쳐 정육면체로 싸놓은

것이 오 원이었다.

산도 하나를 사서 친구 넷과 하나씩 나누어 먹는 날은 넷 모두 친구들의 부러움을 한껏 사는 날이기도 했다.

삼십 원을 주머니에 담고 신바람이 나서 주전자를 들고 새벽 공기를 가르며 집에서 이 킬로미터 남짓 떨어진 시장으로 냅다 달렸다.

시장 골목은 혼잡했다.

텃밭에서 수확한 야채를 이고 나온 근교 시골 아주머니들과 온갖 먹거리와 생필품을 싣고 온 수 십 대의 손수레가 얽혀 분주한 모습은 어린 나이에도 불구하고 내가 참 좋아하는 풍경이었다.

커다란 솥을 내놓고 장작불을 때 술국을 끓이는 주막에서는 구수한 냄새가 흘러나왔고, 닭을 파는 가게의 물솥도 벌써 팔팔 끓었다. 죽음을 예감한 발목 묶인 닭들이 '꼬꼬댁' 비명을 지르고, 짐수레의 말들도 '히히힝' 투레질을 쳤다. 시장의 소리와 냄새는 언제나 매혹적이었다.

발걸음을 멈추고 시장 골목을 훑어보다가 콩물을 파는

두부 가게로 가려는데,

"애야. 나 좀 봐."

하는 아가씨 목소리가 들렸다.

돌아보니, 하늘색 바탕에 파란색 물방울무늬 천으로 지어진 반소매 원피스를 입은 아가씨가 나를 부르고 있었다.

작업복 차림에 더러는 땀을 흘리고 있는 중년의 아저씨들, 몸빼 바지를 입은 아주머니들, 검은색 치마와 하얀 저고리를 입은 할머니들 사이에서 단연 태양처럼 빛나 보이는 스무 살, 큰 누나쯤 되어 보이는 새하얀 얼굴의 아가씨였다.

무슨 일인가, 아가씨 앞으로 갔다.

"무슨 일이셔요?"

선생님 앞에 선 것처럼 공손하게 대답했다.

"너 몇 학년이야?"

"오 학년입니다."

"눈이 총총한 걸 보니 똑똑하겠구나."

아가씨가 쪼그리고 앉아 눈높이를 나와 맞추었다.

얼굴을 마주하고 보니 입술연지를 바르고 눈썹을 그

사랑이여

리고, 머리를 단정하게 쓸어 묶은, 공들여 몸치장한 예쁜 아가씨였다. 향수를 뿌렸는지 꽃향기도 났다.

"애야, 저기 저 아파트 알지?"

아가씨가 가리키는 곳은 서민 아파트였다.

거실과 방 한 칸짜리 좁아터진 가난한 아파트였다.

몇몇 친구네 집이 그곳이라서 잘 아는 곳이었다.

"네, 잘 알아요."

"그래, 그러면 내가 심부름 값 줄게, 편지 심부름 좀 해다오."

순간에 가슴이 콩콩 뛰었다.

이런 신나는 모험이! 심부름 값이 없어도 뛰어갈 판이었다.

"네, 몇 동 누구에게요?"

"십 원 줄게. 나동 102호에 가서, 김영철 씨 찾아서 이 편지 좀 주고, 대답을 듣고 와."

아가씨가 구슬 핸드백에서 작은 꽃무늬 봉투와 십 원짜리 지폐를 한 장 꺼내 주었다.

주전자를 아가씨에게 맡기고 아파트를 향해 가다가 뒤를 돌아보았다.

아가씨가 가게 모퉁이에 숨어서 얼굴을 반쯤 내밀고

지켜보고 있었다.

친구네 집에 드나들면서 그 아파트에는 부근에 있는 2년제 교육대학생들이 자취를 많이 하고 있다는 사실을 알고 있었다.

'학장이 꼰대라서 교수도 꼰대, 교수가 꼰대라서 학생도 꼰대'라고 노래를 부르며 놀리던 형들이 한 방에 떼로 몰려 사는 곳이었다. 시골에서 공부는 잘하지만 가난한 학생들이 택하는 학교였다.

당시에는 전후 베이비붐으로 태어난 폭발적인 학령 아동을 수용할 교실도 교사도 턱없이 부족해 이년 제 교육대학을 설립해, 전액 장학 혜택을 주어 초등 교사를 마구 찍어내고 좁은 교실에 아이들을 육십여 명씩 몰아넣고도 이부제 수업을 하던 시절이었다.

102호는 출입구 바로 앞이었다. 현관문이 덜 닫혀 있어 두드릴 필요도 없었다.

현관문을 여니,

손바닥만큼 한 현관에 때에 찌든 운동화들이 널려 있고, 발고랑 냄새가 진동해 코를 싸매야 할 지경이었다.

현관에 서서 큰소리로 외쳤다.

"영철이 형! 김영철이 형!"

대답이 없어 신발을 벗고 거실로 들어갔다.

거실은 가관이었다.

열 명은 되어 보이는 형들이 웃통을 벗거나, 러닝셔츠만 입고 소주 됫병과 라면 냄비와 김치 그릇 사이에서 이리저리 얽혀 자고 있었다.

술 냄새, 담배 냄새, 땀 냄새, 김치 냄새, 씻지 않은 총각들의 수컷 냄새가 자욱해 숨을 쉬지 못할 지경이었다.

그 가운데에 대고 소리를 질렀다.

"영철이 형! 영철이 형 어디 있어요!"

그중에 한 사람이 몸을 뒤척이며 대답했다.

"누구냐. 시끄러워 죽겠네."

"영철이 형이요?"

"그래 내가 김영철이다. 뭔 일인데 잠을 못 자게 떠드냐."

"누가 편지를 형에게 갖다주라고 했어요."

영철이가 입을 쩍 벌리고 하품을 하고 나서 손을 내밀

었다.

"이리 주고 가."

"아뇨, 형이 편지 읽고 대답을 해줘야 해요."

"뭐시여. 누군디."

"예쁜 아가씨가요."

영철이가 친구들 사이에서 몸을 빼내 일어났다. 나는 독가스실에서 뒷걸음질 쳐 복도로 나와 영철이를 기다렸다.

이내, 러닝셔츠에 사각팬티만 입은 영철이가 어기적어기적 기다시피 나왔다.

밝은 복도에서 보니, 추물도 그런 추물이 없었다. 새집처럼 얼크러진 머리카락은 언제 감았는지 기름때가 줄줄했고, 쥐 뜯어 먹은 수염은 지저분하기 짝이 없었다. 얼굴에도 여드름이 덕지덕지 나 있었다. 그래도 가슴이 떡 벌어져 있었고, 키도 작지는 않았다.

영철은 복도에 쭈그리고 앉아 복도 구석의 담배꽁초를 주워 불을 붙여 한 모금 빨면서 손을 내밀었다.

사랑이여

편지를 건네주었다.

분홍색 편지지에 깨알 같은 글씨가 가득 들어 있었다.

영철이 눈을 비벼 눈곱을 털어 내고 편지를 대충 읽고는 말했다.

"가서 꼭 이대로 말해라이."

"예."

"그냥 가서 죽으라고 그래라. 목을 매든, 물에 빠져 죽든 맘대로 하라고 해."

가슴이 철렁했다.

"정말이요?"

"그래."

"겁나 이쁜 누나인디요."

영철이 필터까지 타들어 가던 꽁초를 복도에 탁 뱉어 내며,

"예쁘니까 그러는 거야."

하고는 들어가 버렸다.

하늘이 노랬다.

그 말을 어떻게 아가씨에게 전한단 말인가!

돌아가는 발걸음이 차마 떨어지지 않았다.

그렇지만,

어서 콩물을 사서 아버지에게 갖다 드려야 했다.

저 앞에서 아가씨가 눈을 반짝이며 나를 기다리고 있었다.

파리한 내 얼굴을 보고 눈치를 챘는지 울상이었다.

아가씨 앞에 서서 당돌하게 물었다.

"왜 그런 거지 같은 형을 좋아해요?"

"얘 좀 봐! 영철 씨를 만나기는 했어?"

"예."

"뭐라든?"

"자기는 자격이 없다고, 더 멋진 남자 만나라고 하든디요."

"정말?"

"예."

순간에 아가씨의 눈에서 눈물이 주르르 흘러내려 땅바닥에 뚝뚝 떨어졌다.

오가는 사람들이 보든 말든 아가씨는 눈물을 마구 흘렸다.

사랑이여

아가씨의 손에서 주전자를 빼내 콩물을 사 들고 오니
아가씨는 가고 없었다.

그날 나는,
사랑이란 것이 사람을 얼마나 비참하게 만드는 것인지
깨달았다.

그날 나는,
못 생기고 지저분해도 가슴이 벌어지고 키가 크면 예
쁜 여자가 좋아한다는 사실을 깨달았다.

그날 나는,
예쁜 여자들은 따라가는 게 아니고 밀어내야 온다는
사실을 깨달았다.

애인과 헤어지고 끙끙거리는 아들에게 엄마가.

"지금 당장은 힘들겠지만, 시간이 지나면 다 잊혀 진다.
한, 두 달 지나가고 또 새로운 여자가 나타나면
그 애는 생각도 나지 않을 테니까. 힘내."

"엄마. 그렇게 쉽게 잊히지 않을 거 같아요."

"내가 장담하마. 석 달 넘기지 않을 거니까 힘내라고!"

"엄마, 걔에게 사준 선물 모두 카드 할부로 끊었는데...
24개월짜리도 있다고요."

16
분노

국민학교 오 학년 때.

미모의 아가씨가 나를 꼬옥 껴안고 귀에 속삭였다!

서울로 야반도주하자고...

(실제 상황이었음을 분명히 밝힌다.)

엄마 품을 떠난 이후로 여인의 가슴에 그렇게 꼭 안겨 본 것도 처음이었고, 그렇게 부드러운 속삭임 또한 처음 이었다.

그뿐이 아니었다.

엄마에게서는 젖 내음과 땀 내음이 뒤섞인, 마음이 평화롭게 안정되는 냄새가 났지만... 그 여인에게서는 뇌를 파고들어 뒷골을 아득하게 하는 향기. 심장을 뛰게 하고 가슴을 설레게 하는 관능의 향기가...

"량아. 우리 서울로 가자. 우리 둘이 밤차 타고 서울 가면 얼마나 좋겠냐?"

서울에서 천 리 밖 깜깜한 바닷가에서 태어나 서울을
한 번도 가보지 않은 소년의 가슴에 불을 지르는 엄청난
유혹이었다.

문제의 사단은 글짓기였다.

글짓기 대회에 나가서 교육장 상을 받았던 것이다.

그런데,

여느 대회와는 달리,

그 대회는 교육부가 주관하는 일종의 '관전'이었다.

교육장 상을 받으면 그 도시 대표로 도 대회에 나갈 자
격이 주어지고 도 대회에서 교육감상을 받으면 최종적으
로 서울로 가서 교육부 장관상에 도전하는 시스템이었다.

삼학년 때부터 글짓기와 독후감 대회에 나가 상을 쓸
어오기는 했지만, 집에서도 학교에서도 별로 주목하지
않았었다.

그런데, 이번에는 달랐다.

교육 대학을 갓 졸업한 풋풋한 아가씨 선생님이 지도
교사로 지정되어 방과 후 마다 글짓기와 맞춤법을 가르
치더니, 도 대회에 출전코자 도청 소재지로 데리고 간 것

이다.

오십 여 년 전, 당시에는 도로와 교통편이 썩 좋지 못해서 지금은 한 시간이면 주파하는 길이, 당시에는 비포장 세 시간이었다.

오전 아홉시 대회장 집합 시간에 맞추기 위해 전날 저녁에 출발해 아가씨 선생님과 둘이 버스를 타고 울퉁불퉁 엉덩이가 아릴만큼 차를 탔다.

선생님은 당시 이 년제 교육대학을 갓 졸업한 초임 교사였으니 나이가 스물 한, 둘 이었을 터. 소년과 열 살 터울에 불과했다.

어찌 되었든,

지도 교사는 소년을 도청 소재지에서 사 년제 사범대학을 다니고 있는 언니의 자취방으로 데리고 갔고, 단칸방에서 아가씨 둘과 하룻밤을 자게 되었는데...

그때에 선생님이 소년을 꼭 안고 도 대회에서 일등해 서울로 야반도주하자고 꼬인 것이었다.

나중에 알고 보니, 예체능계에서 교육장, 교육감, 장관상 등을 받으면 지도교사에게 인사고과에 반영되는 지도점수가 부과되는 것이었다.

낙도나 격오지에서 목숨을 걸고 근무해야 받을 수 있는,

인사고과에 반영되는 천금 같은 점수를 소년이 따 줄 수 있는 것이었다.

다음날,

대회장에 가보니, 초등생 뿐 아니라 중, 고생이 모두 모여 백일장, 사생대회, 공작대회까지 한꺼번에 열리는 대단한 규모였다.

모두 시 군에서 일등을 한 수 백 명의 선수들과 교사들이 운집한 야단법석이었지만, 소년은 여선생과 서울로 야반도주하고야 말겠다는 일념으로 주눅이 들지 않고 정신을 집중해서....

당당하게 도교육감상을 받아냈다.

전교생이 모인 애국조회에서 단상에 불려나가 상을 받은 순간.

아가씨 선생님이 소년의 두 귀를 잡고 뽀뽀를!!!

다시 꿈같은 단 둘 만의 개인지도가 이어지고,

마침내 서울로 야반도주할 바로 그날이 왔다!

그날!

교감실로 오라는 교내 방송을 듣고 달려갔더니...

분노

내 사랑, 아가씨 샘이 아닌, 아이들에게 손찌검을 서슴치않고 술 냄새를 풍기며 음주수업을 하는 중년 불량 남자 선생이 기다리고 있었다.

그리하여.
그날!
소년은 깨닫고야 말았다.
한국 사회의 더러운 시스템을!
이미 오래 전에 뒷거래가 있었던 것이었다.
능구렁이 고참 선배 교사들이,
아가씨 선생님이 전심전력으로 글짓기 지도를 하도록 음모한 다음,
막판에 지도 교사를 바꾼 것이었다.

어린 나이임에도 불구하고 소년은 그 사람이 교사가 아닌, 날강도라는 사실을 단박 눈치 챘다.

날강도가 명령했다.
"장관상 못 받으면 각오해라! 네가 장관상을 받아야 내가 교감이 된다!"

향기나는 아름다운 아가씨와의 밀월 열차가 술 냄새, 담배 냄새에 구린내까지 나는 날강도와의 지옥 열차가 되었고...

그때도 만만찮은 반골이었던 소년은...

이름과 제목을 쓰지 않고 맞춤법조차 의도적으로 무수히 틀린 원고를 제출했다.

들 샘에서 물을 길어와 밥을 짓던 시절.

모녀가 오지동이에 물을 담아 머리에 이고 오는데, 말쑥하게
생긴 젊은 비구승*이 마주 오다가
길 한쪽으로 비켜서며 합장을 했다.

모녀는 두 손으로 물동이를 잡고 있어 마주 합장을 하지 못해
송구한 표정을 지으며 지나치는 수밖에...

비구와 마주쳐 얼마만큼 걸어가다 딸이 엄마에게 말했다.
"엄마, 엄마, 조금 전에 마주쳐간 중이 나를 세 번이나 돌아봐."

엄마가 꾸짖었다.

"요년아.
네가 돌아보지 않았으면 그 중이 돌아보는지 어찌 아느냐!"

---

* 비구승 _ 남자 승려.

누나와 엄마는 주방에서 설거지를 하고,
아빠와 아들은 안방에서 TV를 보고 있다.

그때,

갑자기 '쨍그랑' 하고 접시 깨지는 소리가 났는데도,
주방에서 아무 소리가 나지 않는 것이었다.

궁금해진 아빠가 아들에게 말했다.

"접시 누가 깼는지 보고 와라."
"아빠는 그것도 몰라? 엄마잖아!"
"너는 보지도 않고 어떻게 아냐?"

"조용하잖아? 누나가 깼어 봐!"

17
질 박기

어린 시절 시골에서,

큼직한 바윗덩이를 황소 뒤에 매달아 쟁기질 훈련을
시키는 모습을 종종 보았다.

어른들을 그 일을

'질 박는다.'

고 했다.

그렇게 쟁기질이 박혀야 비로소 일소가 되어, 잡아먹
으려고 키우는 짐승이 아닌 한 식구, 큰 일꾼 대접을 받
는 가족이 되는 것이었다.

사람도 '질을 박아야' 제 몫의 삶을 살 수가 있다.

인간으로 태어나 기어가고, 일어서고, 걷는 것 자체가 질을 박고 박히는 과정이며 나아가 말과 글을 배우는 것도 질을 박는 것이었다.

따질 것도 없이 자전거 타기, 자동차 운전도 모두 질을 박는 것이었고, 직업 교육과 연수는 더욱더 강한 질 박기였다.

체육이든 예술이든 기술이든 어떤 분야에서 최고가 되려면 남들보다 몇 배나 더 강한 질을 자신에게 박아야 가능한 것이다.

하지만 '육체의 질' 보다 더 무서운 것은 '정신의 질'이다.

모든 종교인과 독재자, 어용학자, 교사들이 우리의 정신에 제 입맛에 맞는 질을 박아 왔고 그것은 현재 진행형이다.

자본가들은 돈을 미끼로 피고용인들의 머릿속에 자본만능의 질을 박고, 종교와 사상, 이데올로기의 '질'은 순교나 신념으로 위장된 자살과 살인, 전쟁도 불사하게 만든다.

우리는 스스로든, 타력에 의해서든 육체와 정신 속에 질을 박고, 박히며 살고 있기에 어쩌면 인간의 삶이란 질 박기 그 자체인지도 모른다.

하여...

인간은

자나 깨나 '질'을 조심해야 한다.

"우리 할아버지가
다빈치 못지않게 시대를 앞서간 천재 발명가였어."

"우와! 정말! 뭘 발명하셨는데?"

"대표적인 것이 깡통 따개야."

"우와! 통조림 처음 나왔을 때 망치와 끌로 땄다던데,
네 할아버지 따개 팔아 엄청 부자 되셨겠다."

"아니, 한 개도 못 팔았어."

"왜?"

"시대를 앞서가셨다고 했잖아."

"그러니까 천재지!"

"글쎄. 그렇기는 하지만....
할아버지가 돌아가신 후에야 통조림이 발명되었거든."

18
의사 사위

오래전.

이종사촌 여동생이 의사와 결혼 해 일가친척의 부러움을 한껏 산 적이 있었다.

그때만 해도 의사 사위 보려면 열쇠가 세 개 있어야 한다는 둥, 병원을 차려 줘야 한다는 둥 할 때였고, 의사 마누라가 되면 팔자가 칠자로 바뀌는 줄 알았던 시절이었다.

결혼 후,

의사 매제가 처가 동네의 대학병원으로 자리를 옮겨 우리 집과 멀지 않은 곳으로 이사를 와서, 자연스럽게 자주 만나게 되었는데 독서와 음악 감상이 취미인 소박하고 진솔한 사람이었다.

당연히 나와 죽이 잘 맞았다.

그러던, 어느 날.

이모가 나를 좀 보자 해서 나갔다.

"이 서방이 너와 친하다며?"

"뭐, 객지라서 친구도 없고, 집도 가깝고, 우리 집 음식이 맛있다고 자주 오는 편이죠."

"그래서 너에게 부탁을 하려고 해."

"이모님이 제게 무슨 부탁할 일이 있다고 그러셔요."

이모네는 상당한 재력을 지닌 알부자이고, 속 썩이는 자식도 없었다. 이모부도 모범 가장이었다.

"이 서방 땜에 그래."

"네에? 부부 싸움이라도 했어요? 금슬이 참 좋아 보이던데요."

"그게 아니고, 이 서방이 병원을 차려 준대도 개업을 할 생각을 안 해."

"아직 젊으니까 그러겠지요. 좀 더 경력을 쌓은 후에 하려고요."

당시는 산부인과의 불법 낙태가 암암리에다 무제한이었다. 따라서 산부인과 병원만 차리면 떼돈을 벌 수 있었다.

"무슨 경력이 더 필요하겠어. 이미 다 배운 것을! 한 살이라도 젊었을 때 돈을 벌어야지! 네가 이 서방 만나서 설득을 좀 해봐. 마침 목 좋은 곳에 딱 병원에 제격인 건물이 하나 나왔어."

"이 서방이 제 말을 듣기나 하겠습니까마는 이모님 부탁이니까 말은 넣어 보겠습니다."

며칠 후,

주말에 매제 내외가 집에 왔다.

미리 말을 맞추어 둔 아내가 이종 시누이를 데리고 쇼핑을 나가고 매제와 둘이서 술을 나누었다.

술이 좀 들어가자, 전에 없이 매제의 얼굴에 그늘이 졌다.

"무슨 고민이라도 있어? 왜 그렇게 우울해?"

"좀 힘든 일이 있어서요."

"무슨 일이야? 내가 도울 수 있는 일이면 얼마든지 도울게."

"다른 게 아니고 처가에서 개업을 하라 대놓고 달달 볶아요. 엊그젠 병원 건물 보러 가자고 끌고 가더라고요. 아내도 원장 사모님 말 듣고 싶다고 하고요."

짐짓 속을 떠보려고 말을 던졌다.

"뭐가 고민이야? 개업하면 되지! 자네 동기들도 여럿 개업했다면서? 빚 얻고 은행 대출받아서라도 개업을 하는 판에 자네는 말 한마디면 원장이 될 터인데 무얼 망설여?"

매제는 쉽게 대답하지 않고 연거푸 술을 몇 잔 더 마신 다음에 무겁게 말을 내놓았다.

"형님. 제가 산부인과 의사가 되려고 한 것은 자궁암에 걸려 돌아가신 어머니 때문이었어요. 그래서 어떻게든 대학병원에 남아 나름 자궁암 발생 기전을 밝혀 보려고 무진 애를 쓰고 있는데, 개업이라니요."

"그래도 의사 사위 봤을 때는 처가에서도 먹은 마음이 있었을 것이고, 선희도 의사 남편에게 기대하는 것이 있을 거 아니야."

"형님. 저는 선희를 사랑해서 결혼 한 것이지, 개업하려고 결혼하지 않았어요. 그래서 혼수도 아예 받지 않았고요."

"이모님 댁에서는 혼수 마련할 돈, 개업할 때 보태 달라는 뜻으로 받아들였던데?"

매제는 우울한 얼굴로 소주를 큰 컵에 따라 벌컥벌컥 들이켰다. 그리곤, 말을 또박또박 새겨냈다.

"형님. 저는 개업 안 합니다. 개업하면 낙태 시술로 먹고살아야 해요. 저는 그렇게 사느니 차라리 의사 그만두고 막노동을 하렵니다."

개업한 의사 친구들의 몰상식한 술주정과 돈질에 환멸을 느껴 의사들의 인격 자체를 부정적으로 보던 나에게 매제의 말은 충격적이었다.

갑자기 매제의 얼굴에서 빛이 나고 등 뒤에 후광이 생기는 것 같았다.

말을 잘못 전해서는 가정 파탄의 빌미가 될 거 같아 이모에게는 조심스럽게 전언했다.

"나름 자궁암에 대해 연구할 부분이 있나 봐요. 암 치료에 획기적인 성과를 거둔다면, 개업한 거에 비하겠어요?"

"세계적인 천재들도 못 해내는 걸 제 까짓게 무슨..."

이모의 말에 망연자실했다.

더는 할 말이 없었다.

오래지 않아 매제는 낙태를 허용하지 않는 가톨릭계

재단 종합병원의 산부인과 과장으로 자리를 옮겼다.

대학병원보다 더 많은 급료를 받아 처가의 개업 압력을 피해 보려는 뜻이 다분했다.

하지만,

처가의 개업 종용은 집요했다.

몇 년 후,

매제가 갑자기 찾아왔다.

"형님. 작별 인사하러 왔습니다. 저 미국 갑니다. 미국 대학병원의 교수로 초청받았어요."

"예전에도 초청받았지만, 그때는 선희 땜에 안 간다고 했잖아."

"개업 문제로 다투어 선희와 별거 중입니다."

"그럼 선희와 같이 가면 되잖아."

"나 먼저 가서 자리 잡으라네요."

매제는 미국으로 떠났고...

이 년 후, 이혼했다는 소식이 들렸다.

꼴찌 엄마가 아들에게 꾸중했다.

"친구를 보면 그 사람을 안다고 했다.
너는 왜 너처럼 공부 못하는 애들하고만 노냐.
친구 따라 강남 간다고, 똑똑한 친구를 사귀어야
배울 점이 있을 거 아니냐!"

다음날 꼴찌가 말쑥한 친구를 데리고 왔다.

"엄마. 우리 반의 일 등이에요. 앞으로 친하게 지내기로 했어요."
"와! 내 아들 장하다. 치킨이든 짜장면이든 맘대로 시켜 먹으며
둘이 공부도 하고 놀기도 해라."

친구 따라 강남 간다는 엄마의 말씀은 진리였다.

몇 달 후, 일등이 꼴찌가 되었다.

19
불량 학생

중학 시절.
불량 학생으로 찍힌 적이 있었다.

성적도 좋고, 백일장과 독후감 대회 등에 나갔다 하면 무조건 장원, 특상을 받아 학교의 명예를 높였고, 결석도 지각도 하지 않는 모범생을 블랙리스트에 올린 선생은 바로 학생주임이었다.

별명이 '불독'이었으니, 생김새나 성품이 미루어 짐작될 것이다.

서른 중반의 체육 선생으로 요즘 같으면 교사는커녕 전과 수십 범이 되고도 남을 폭력배였다.

교칙을 어긴 것을 떠나서 자신의 비위에 거슬리면 운동장 가운데에서도 귀싸대기를 날리고 주먹질을 하고 발

길질을 해대는 비인격체였는데...

학교 운영 주체인 사학 재단의 친척이라서 교사들도 엮이기를 피한다는 소문이었다.

초등학교 사학년 때 처음 친구와 둘이서 영화관에 갔다.

그 충격은 고스란히 오십 년 후인 지금까지 내 인생을 지배하고 있다.

그때부터 청불, 19금을 막론하고 개봉되는 거의 모든 영화를 보려고 수단과 방법을 가리지 않았다.

문제는, 중고생 관람 금지 영화를 보는 '불량 학생'을 학생주임들이 단속한다는 것이다.

무슨 법적 근거로 교사들에게 그런 권한을 주었는지는 몰라도 영화관에 수시로 출몰해 학생들을 잡아 내 체벌을 하고 반성문을 쓰게 하고 화장실 청소를 시키고 더러는 정학을 시키는 것이다.

그렇다고 해서 청불 영화를 포기할 내가 아니었다.

다행히도 내게는 수호천사가 있었다.

고등학교 졸업반 때 체신공무원 시험에 합격해 우체국에 다니는 이종사촌 누나는 어려서부터 나를 몹시도 예뻐했고, 봉급을 받을 때부터는 매달 영화를 보여주었다.

그날도 사복을 입고 누나의 모자를 푹 눌러쓰고 누나와 함께 영화를 보러 갔다.

제목을 밝히지는 않겠다.

노출보다는 과도한 폭력 때문에 중고생 관람 금지가 된 영화였는데, 할리우드 거장 감독의 연출과 명배우들의 연기가 빛나는 명화였다.

가슴이 먹먹하도록 감동을 하고 영화관 이 층 계단을 내려오는데!

'불독'이 출입문 앞에 떡 버티고 서 있었다.

정말로 불량한 영화를 보다가 걸린 진짜 불량 친구들 말에 의하면 '불독'은 영화관 로비에서도 거침없이 구타하고 출입문 앞에 무릎을 꿇려 손을 들게 한다는 것이었다.

군사독재에 벌벌 떨던 당시 사회에서는 불독같은 비인격체들의 만행을 묵인, 혹은 부추겼고 시민들도 무릎 꿇고 앉은 학생들의 이마에 꿀밤을 먹이며 '크면 뭐가 되려고 벌써부터...'하고 혀를 차며 가기도 했다.

(되기는 뭐가 되었냐고? 영화감독, 배우, 작가가 되었지.)

누나의 손을 잡고 무심코 계단을 내려가다가 불독과 눈이 딱 마주쳤으니 도망갈 길이 없었다. 얻어맞는 것이 문제가 아니었다. 누나 앞에서 수모를 당하다니!

그럴 수는 없었다.

계단을 다 내려서기도 전에 아랫배에 힘을 주고 로비 전체가 올리도록 큰소리로 외쳤다.

"선생님도 영화 보러 오셨어요? 참 잘 만들어진 영화네요! 명작으로 역사에 남겠어요."

우르르 몰려가던 관객들이 한순간 걸음을 멈추고 나와 불독의 얼굴을 번갈아 보았다.

불독의 얼굴이 말 그대로 '개'로 변하는 순간!

누나가 한 걸음 나서며 불독에게 손을 내밀었다.

"선생님. 량이 누나예요. 량이가 선생님 말씀 자주 하던데, 정말 량이 말대로 사나이답게 잘 생기셨네요."

이종사촌 누나는 중학 시절부터 학교 앞과 집 앞 골목에 '불량 학생'들이 줄을 서고 연애편지가 가방으로 배달

되던 빼어난 미인이었다.

'개'가 되려던 불독의 표정 변화가 참 볼만했다.

말문이 막혔는지 '어, 어, 어...'하고 이상한 소리를 내다
가 얼굴이 홍당무가 되었다.

그 틈을 놓칠 내가 아니었다.

"선생님. 월욜날 학교에서 뵈요."

하고는, 누나의 손을 잡고 탈출했다.

월요일.

가을이었지만 몽둥이찜질에 대비해 두꺼운 겨울 바지
를 껴입고 등교했다.

아니나 다를까 교문 앞에 버티고 서 있던 불독에게 달
깍 잡혔다.

"너, 점심시간에 학생과로 와!"

서둘러 도시락을 먹고는 무차별 구타를 각오하고 어금
니를 꽉 깨물고 불독에게 갔다.

불독이 의자에 앉으라더니, 웃었다.

그날 나는 불독도 웃을 수 있다는 사실을 알았다.

"정말 네 누나냐?"

"친이모 딸입니다."

"어디 사냐?"

"이모님 댁이 시골이라서 우리 집에서 직장에 다니고 있습니다."

"어디 다니는데?"

"우체국이요."

아!

극장 로비에서 귀싸대기를 맞고 무릎을 꿇고 말 것을!

졸업할 때까지 불독의 웃는 얼굴을 봐야 했다.

누나도 퇴근 때면 우체국 앞에 서 있는 불독을 피해서 서울로 전근했고....

지난여름.

보고 싶은 영화가 청소년 불가였다.
야한 데다 젊은 취향 영화라 쑥스러워 최대한 젊게 보이려고
너덜너덜 구멍이 난 아들의 청바지와 알로하 셔츠를 입고
극장에 갔다.

티켓 창구 여직원이 힐끗 보더니,
"신분증 있으세요?"
하고 묻는다.

순간,
기분이 빵 터졌다.

세상에나!
이런 황홀한 말이!
내가 청소년으로 보이다니!
활짝 웃으며 신분증을 꺼내 주었다.

아가씨가 신분증을 들여다보고 돌려주며 말했다.

"죄송합니다. 65세 이상이시면 경로 할인 해드리려고 했는데요."

20
홍옥

둘째를 가졌을 때 아내의 입덧이 심했다.

예정일이 얼마 남지 않은 세밑, 함박눈이 펑펑 쏟아졌다.

아이를 가지지 않았다면 아내를 불러내 눈을 맞으며 신나게 쏘다녔을 터였다.

아쉬운 마음에 회사 옆 시장에 가서 그나마 아내가 조금씩이라도 먹는 닭튀김을 샀다.

"튀김옷을 두껍게 입혀 주세요."

입덧으로 밥을 잘 먹지 못하는 아내에게 튀김옷의 밀가루로 탄수화물을 보충해 주려는 속셈이었다.

아줌마가 갓 튀긴 닭을 봉지에 담아 주면서 당부했다.

"봉지 입구 닫지 마세요. 수증기가 빠지지 않으면 튀김옷이 눅눅해져서 맛이 없거든요."

닭튀김 냄새가 무럭무럭 피어오르는 따끈한 봉지를 옆

구리에 끼고 퇴근과 하교가 겹친 시간대의 만원 버스에 겨우 탔다.

한 정류장도 가기 전에 버스 안의 모든 사람이 나를 쏘아보기 시작했다.

창문을 꼭 닫은 겨울 버스 안에 퍼지는 닭튀김 냄새라니!

쿵쿵거리는 소리, 침 삼키는 소리가 문제가 아니었다. 모든 승객이 냄새의 근원을 찾아 눈총을 쏘기 시작했다.

노골적인 눈총에 뒤통수가 따갑고, 얼굴이 화끈거렸지만, 튀긴 닭을 받아 들고 활짝 웃을 아내의 얼굴을 떠올리며 얼굴에 철판을 깔고 창밖을 내다보며 모르쇠로 버텼다.

하지만,

몇 정류장도 가기 전에 어린아이의 비명에 가까운 외침이 버스 안을 울렸다.

"엄마! 닭고기, 닭고기 먹고 싶다. 엄마! 닭고기 사줘!!!"

돌아보니, 대여섯 살 되어 보이는 아이가 막무가내 소리를 지르고 있었다.

165   홍옥

갓난애를 포대기에 받쳐 업고, 아이의 손을 잡고 있던 젊은 아주머니의 얼굴이 부끄러움으로 물들었다.

"설날에 아빠 오면 사달라고 하자. 응. 여기서 소리치면 경찰 아저씨가 잡아간다. 조용히 해."

아이의 입성도 초라했고, 머리카락도, 신발도 지저분했다. 아이어머니의 행색도 엇비슷했다. 아이는 엄마의 통사정을 아랑곳하지 않고, 숫제 울음을 터트리더니 버스 바닥에 앉아 버둥거렸다.

"닭고기! 엄마! 닭고기, 사줘!!!"

얼굴이 홍당무가 된 아주머니가 아이의 다리를 출입문 쪽으로 당기며 외쳤다.

"기사님, 다음 정류장에 내려 주세요!"

아주머니가 버스에서 내린다고 해도 더는 그 버스를 타고 갈 염치가 없었다. 출입구 쪽으로 아주머니보다 한 발 먼저 나가 있다가 버스가 멈추어 문이 열리자마자 아이에게 닭튀김 봉지를 안겨 주고 내렸다.

함박눈을 맞으며 다음 버스를 기다리는데 어디선가 달콤한 향기가 났다. 둘러보니 과일 가게가 가까이 있었다.

닭 대신 과일을 사가기로 마음먹었다.

사과를 한 봉지 사서 다음 버스를 타고 집에 가서 아내에게 주었다.

봉지를 열어본 아내가 눈을 동그랗게 뜨며 외쳤다.

"와! 어떻게! 어떻게! 이걸 구했어!"

아내는 사과를 하나 꺼내어 물에 씻지 않고 옷자락에 쓱쓱 문질렀다. 잘 익은 사과가 대번에 잘 닦인 구두처럼 빛났다.

반짝거리는 사과를 아내가 전등불에 비추어 보았다. 새빨갛게 잘 익은 사과가 커다란 루비처럼 비현실적으로 빛났다.

아내가 눈을 반짝이며 사과를 한 입 베어 물고는, 몸서리를 쳤다.

임신 초기부터 아내가 그렇게도 먹고 싶어 하던 '홍옥紅玉'이었다.

백 년 이상 한반도에서 재배되던 대표 사과였지만, 크기가 작고 성숙기에 낙과도 심하고 병충해에도 약하고,

홍옥

무엇보다도 신맛이 너무 강하고 과육이 퍼석해서. 크고 달고 아삭하고 병해충에 강한 신품종에 밀려 퇴출당한 품종인 '홍옥 紅玉'.

하지만,

모든 사과 중에서도 가장 예쁜 사과가 '홍옥'이었다.

아내가 어린 시절 먹었던 홍옥을 다시 먹고 싶어 했지만, 모조리 새로운 품종으로 바뀌어 찾을 수가 없었던 홍옥을 그 과일 가게에서 팔고 있었던 것이었다.

앉은 자리에서 홍옥을 다섯 개나 먹고 사과 바구니를 머리맡에 두고 잠이든 아내를 보며, 울음을 터트리며 발버둥을 치던 그 아이에게 감사의 기도를 올렸다.

다음 날, 그 가게의 홍옥을 싹쓸이해오며 홍옥이 나오는 대로 무조건 사 놓으란 부탁했다. 아내는 홍옥을 한 개, 한 개 신문지에 싸서 냉장고에 넣어 두고 해산할 때까지 주식으로 삼았다.

홍옥을 먹어서일까?

홍옥처럼 예쁜 딸이 태어났다.

교통경찰이 신호를 위반한 차를 잡았다.
운전석에 중년 여성이 울상을 짓고 있다.
교통경찰이 운전자를 알아봤다.

"아이고, 선생님!"
"내가 교사인 줄 어떻게?"
"선생님! 이십 년 전 서울 국민학교 육 학년 김영수입니다!"

여선생이 눈을 가늘게 뜨고 기억을 더듬었다.

"아! 지각 대장 영수!"
"네! 선생님! 차 한쪽으로 빼셔요."

여선생은 스티커를 면하게 되었다 싶어 활짝 웃으며
차를 갓길로 댔다.
교통경찰이 메모지와 볼펜을 주면서 말했다.

"선생님, 스티커 안 끊을 테니까,

다시는 신호 위반하지 않겠습니다.' 백 번만 쓰고 가셔요!"

21
쌀 미米

선친의 쌀 사랑은 각별하셨다.

선친에게 있어서 쌀 미米 자는 벼禾의 이삭 끝에 열매가 달린 모양을 본뜬 상형문자가 아니었다.

팔八과 십十과 팔八이 결합한 회의 문자였다.

벼가 자라서 나락으로 탈곡하고 쌀로 도정되어 사람의 입에 들어오기까지 농부의 손길이 팔십팔八十八번 이상 들어가기 때문에 만들어진 글자라고 자식들 귀에 못이 박이도록 말씀하셨다.

그만큼 쌀에는 인간의 피와 땀이 스며있기에 한 톨이라도 버려서는 안 된다는 말씀이셨다.

초등 사학년 여름, 만조 시간과 맞물려 장맛비가 내려

바닷가 저지대가 모조리 물에 잠기고 말았다.

　바닷가에 있는, 아버지가 경영하시던 정미소도 일부
물에 잠겼다.
　다행히 시내 고지대에 있는 우리 살림집과 나락 창고
는 무사했다.
　썰물과 함께 비도 잦아들어 물은 빠져나갔지만, 침수
의 피해는 상상 초월이었다.

　당시에는 집마다 재래식 화장실을 사용하던 때였고,
하수도도 정비되어 있지 않았었다. 바닷물과 빗물, 똥,
시궁창 물이 뒤섞인 끔찍한 물에 잠겼던 거리에는 악취
가 진동했고, 식수가 오염되어 전염병마저 우려되었다.

　그리고,
　그 물속에 쌀독이나 뒤주도 잠겨 있었다.
　아버지를 심려케 한 것은 종업원들의 끼니와 먹을 수
없도록 오염되어 버려지게 된 쌀이었다.

　아버지는 물이 빠지자마자 종업원들을 불러 물에 잠겨

먹을 수 없게 된 쌀을 가져 오도록 하고 그 쌀과 같은 양의 새 쌀로 바꾸어 주었다.

소문을 듣고 종업원이 아닌 사람들도 쌀을 가져왔다. 아버지는 그 사람들의 쌀도 새 쌀로 바꾸어 주었다.

남편의 바깥일에 일절 간섭을 하지 않았던 어머니도 걱정이 된 듯,

"이 쌀을 어떻게 하려고 그래요? 버리려면 차라리 각자 집에서 버리라고 하지, 이렇게 쌓아 놓으면 어떻게 해요. 냄새도 지독한데..."

"당신이 감독해서 이 쌀을 깨끗이 씻도록 해요."

"씻어도 누가 먹겠어요?"

"술을 담아요."

"아무리 쌀 막걸리라고 해도 이 쌀의 내력을 안다면 아무도 마시지 않을 거예요."

"농민들의 피땀과 손길이 들어간 쌀을 어떻게 버린단 말이오. 내 하자는 대로 해주구려."

어머니는 아버지의 뜻에 따라 종업원들을 지휘 감독 맡아 쌀을 맑은 물이 나도록 씻고 가마솥 대여섯 개를 빌려와 정미소 마당에 앉히고 고두밥을 쪄내 고슬고슬 말

려 누룩을 섞어 술을 담았다.

공장 마당에 커다란 술 항아리가 즐비했다. 졸지에 정미소가 술도가로 변한 것이었다.

술이 익을 무렵,

선친께서 호호백발 할머니를 모셔 왔다.

할머니는 단지 두 개를 뒤집어 맞붙인, 눈사람처럼 생긴 옹기 고리에 발효된 술덧을 옮겨 담고 불을 때며 위쪽 단지에 찬물을 부었다.

그러자

주전자 꼭지처럼 생긴 부리에서 맑은 물이 흘러나왔다.

그 물을 한 모금 맛보신 아버지의 얼굴에 웃음꽃이 활짝 피었다.

나중에 어머니께서 말씀해 주셨는데, 그 할머니는 영광에서 모셔온 '백주'의 명인이었다.

명인이 내린 증류주는 에틸알코올 함량이 50%를 넘는 명품이었다.

그렇게 똥물에 잠겨 버렸던 쌀이 '명품 백주'가 되었다.

아버지는 한 되들이 커다란 소주병 수십 개에 백주를
담아 두셨다가, 추석이 다가오자, 두 병씩 새끼로 묶어
빨간 보자기에 예쁘게 싸서 시장을 필두로 지역의 유지
들에게 선물로 보내셨다.

귀한 선물을 받은 사람들 모두 감격해 마지않았다고
한다.

도시락을 싸서 다니던 학창 시절.

중학교 3학년.
사춘기에 들어서 2차 성장을 하기 위해 식욕이 왕성하던 그 시절.
점심시간을 기다리기가 정말 힘들었다.

많은 아이들이 삼 교시 쉬는 시간에 도시락을 까먹곤 해서 사 교시
수업에 들어 온 교사들이 김치 냄새를 맡고 도시락을 검사하곤 했다.

그래서 반 친구들은
도시락을 뒤집어 밥의 가운데를 적당히 파먹고 뒤집어 놓기도 했다.

거기까진 애교에 불과했다.
사 교시가 체육 시간이라면, 도시락을 도둑맞기에 십상이었다.
체육선생의 눈을 피해 교실로 잠입한 악동들이 남의 도시락을 훔쳐
먹는 것이었다.

가정이 넉넉해 좋은 반찬을 싸 오는 친구들의 도시락이 타깃이었다.

그날도, 체육 시간 중에 친구 몇몇이 사라져 점심을 먹지 못하는
사태가 발생할까 걱정되던 차에,

교실로 들어갔던 짝꿍이 나와 내 귀에 속삭였다.

"량아. 어쩌지? 문제가 생겼어."

"뭔 문제야? 내 도시락 네가 까먹었다면 용서해줄게. 다른 녀석이 까먹었다면 가만두지 않을 거고."

"설마, 내가 네 도시락을 까먹겠냐. 네 도시락이 아니고, 경석이 도시락에 손댔어. 먹고 보니까 경석이 거더라고. 이걸 어쩌냐!"

경석이는 까칠한 녀석인 데다 깡패였다.

수틀리면 친구들을 마구 패는, 김두한이 우상인 한심한 사고뭉치였다.

그 녀석 도시락을 까먹었다면...

대형 사고를 친 것이었다.

경석이가 반 친구 중에 유일하게 오직 나만을 조심하는 터(유명한 쌈꾼인 친 형의 후광으로)라 울상이 된 짝꿍이 중재를 부탁하는 것이었다.

그래서...

잠시 궁리 끝에 쪽지를 한 장 써 경석이의 도시락에 넣어 두도록 했다.

"엄마다, 미안하다. 바빠서 도시락을 못 쌌다."

22
16촌 누나

저번 고향 방문에서 일가친척, 종친에 남다르게 애착하신 선친이 아니셨다면, 모르고 살았을, 공동 조상이 8대까지 오르는 먼 친척 누님의 소식을 들었다.

우리 집에서 가까운, 북한산 자락에 있는 노인 요양원에 계신다는 것이었다. 서울에 오자마자 요양원으로 달려갔다.

첫눈에 나를 알아본 누님이 눈물을 마구 쏟았다.

평생 모진 노동으로 생계를 꾸려, 75세 나이에 비해 훨씬 늙어 보이고, 무릎과 골반이 편치 않아 휠체어 신세를 지고 있었지만, 치매는 오지 않아, 대화에는 어려움이 없었다.

나는 누님의 비쩍 마른 주름투성이 손을 어루만졌다.

사십여 년 전,
그 손끝의 밥과 찬으로 십 년을 살았었다.
누님은 해방 년에 끼니도 건너뛰기 일쑤였던 소작농
의 딸로 태어나 학교 문턱도 밟지 못해 한글도 깨치지
못했고..
입을 줄이고자 18세 어린 나이에 시집을 가야 했고...

그래도 건강하고 착한 남편을 만나 아들 하나를 두고
깡 보리밥에 간장 일지라도 굶지 않고 살았는데, 남편이
겨울 벌목 산판에서 나무에 깔려 다리를 심하게 다치는
바람에 노동력을 상실하고...
누님은 날품을 팔 수 없게 된 남편과 일곱 살 아들을 시
골에서는 부양할 수 없어서 무작정 도시로 나와 어찌 소
문을 들은 먼 친척인 선친을 찾아온 것이었다.

걸인과 다름없는 행색의 장애인 부부가 애까지 데리고
찾아와 모모 씨의 자손이라 하니 선친께서는 처음 듣는
이름이었지만, 우선 밥을 먹이고 하룻저녁 재우며 수소문,

공동 조상을 더듬어 16촌이라는 사실을 추적해 내셨다.

　그날부로 누나는 선친이 운영하는 공장에 취업하여 종업원들의 점심과 간식을 챙겨주고 청소와 빨래를 도맡았다.
　매형은 공장 앞 모퉁이에 난전을 펴고 잡곡을 팔아 아들을 초등학교에 보낼 수 있게 되었다.

　그렇게 근근이 생계를 꾸리던 중 선친께서 업종을 바꾸기 위해 공장을 매각했다.
　하지만,
　선친은 누님네를 버리지 않고 안집의 살림을 맡겼다.

　그리하여,
　십 대 초반에서 이십 대에 들어서도록 십여 년 동안 누나가 해준 밥과 찬을 먹었다.

　당시 우리 집에는 두 살 터울의 두 형과 두 동생과 나를 합하여 아들 다섯에 시골에서 유학을 온 사촌 형제 셋, 이모네 아들 둘, 선친 회사의 직원 넷, 도합 열네 명이 합숙하고 있었다.

돈을 받는 하숙집이 아니었다.

선친의 배려로 무상 제공되는 기숙사였다.

선친은 진학할 형편이 되지 않는 일가친척의 아이들을
위해서 커다란 집을 따로 사들여 숙식을 제공했는데, 어
쩌다 형편이 되거나 고마움을 아는 친척이 쌀 한두 가마
보태 주는 것이 고작이었다.

그래도 능력이 출중한 선친은 모두에게 쌀밥을 먹이고
도시락을 싸주었다. 그리고 항상 생선이나 돼지고기가
빠지지 않는 반찬에 국을 차려내도록 했다.

누님은 가사 도우미 한 사람과 함께 매일 이십여 명의
아침·저녁을 차려내고, 열네 개의 도시락을 싸고, 빨래와
청소를 하면서도 밝은 얼굴을 잃지 않았다.

부지런한 누님은 부서진 다리가 덧나 아주 자리보전
을 하고 술타령만 하는 남편을 조금이라도 더 보살피기
위해서 저녁이면 손이 보이지 않을 정도로 서둘러 밥을
차려내고 설거지를 하고 부엌을 정리한 후 퇴근했다.

그리고 첫 새벽에 출근해 아침을 짓고 도시락을 싸고...

그러던 중. 방학을 앞둔 겨울밤,

무제한으로 먹어댈 나이의 십 대 열 명이 동짓달 기나긴 밤의 공복을 달래고자 돈을 모아 라면을 사 와 끓였다.

가마솥에 버금가는 커다란 양은 솥에 물을 되로 붓고 열댓 개의 라면을 끓여 부뚜막에 둘러앉아 양푼으로 퍼서 먹었다. 이틀이 멀다고 거행되는, 평생 잊지 못할 한밤의 성찬이었다.

다음 날 새벽.

화장실에 갔다 오다가 우연히 부뚜막에 앉아 있는 누나를 보았다. 누나가 소리 없이 울고 있었다. 주르르 흘러내리는 눈물이 부뚜막에 뚝뚝 떨어지고 있었다.

누나의 앞에는 라면 기름으로 범벅이 된 열댓 개의 그릇과 젓가락, 국자가 담겨 있는 커다란 솥단지가 놓여 있었다.

분명 어제저녁 퇴근할 때 떨어진 밥알을 주워 먹을 정도로 정갈하게 치웠던 부엌이었는데...

지금처럼, 보일러에서 따뜻한 물이 나오는 것도 아니

181   16촌 누나

었고, 주방 세제가 있는 시절도 아니었다.

하지만, 철없던 나는 누나가 왜 우는지 모르고, 아침을 먹고 도시락을 들고 등교했고 그 후로도 오랫동안 겨울밤의 만행은 계속되었다.

몇 년 후. 매형이 돌아가시고, 공업고등학교를 졸업한 아들이 경기도 어느 곳의 공장에 취업해 누나는 우리 집을 떠났다.

그 후로 삼십 년 만의 해후였다.

누님은 아들을 따라 경기도 구석의 공업단지로 올라와 공장 식당의 도우미로 평생 설거지통에 손을 담그고 살다가 몇 년 전 겨울 빙판에 낙상하여 골반이 부서져 일어서지 못했고, 넉넉지 못한 아들에게 짐이 되기 싫어 스스로 노인 요양원에 들어왔다고 한다.

어른이 되어서야 그날 누님이 왜 울었는지 깨닫고는 마음이 아렸던 나는 누님의 손을 잡고 사과했다.

"누님. 그때는 정말 미안했어요. 누님이 얼마나 힘들까 하는 생각은 미처 못하고 저녁마다 라면 추렴에 신이 났으니... 이제라도 제 맘이 편하도록 사과를 받아 주세요."

누님은 겨우 멈춘 눈물을 다시 흘려 내었다.

"아냐. 그래도 너희들 먹이고, 너희들이 내가 싸준 도시락 들고 학교 가는 모습을 볼 때가 내 평생 가장 행복한 때였어."

나는 누님을 가슴에 꼭 안아 주고는 지폐 몇 장을 손에 쥐여 주었다.

누님은 극구 사양하며, 거꾸로 주머니에서 지폐 몇 장을 꺼내 합하여 내 손에 놓고 말했다.

"량아. 정말로 고마운 사람은 나야. 그때 네가 나에게 한글을 가르쳐 눈뜬장님 신세에서 벗어나게 해주었잖아. 살면서 내내 네가 고마웠어."

그때, 선친께서 누님에게 한글을 가르치라는 미션을 내게 주셨고, 나는 그 미션을 완수했었다.

요양원 사무처에 누님 앞으로 돈을 예치해 놓고 나오며, 신산한 삶 속에서도 착한 심성을 잃지 않은 누님의 여생이 평온하기를 빌고 또 빌었다.

초등 동창 영희와 수철 엄마가 만났다.

"수철 엄마! 와~ 애들 초등 졸업식 때 보고 첨이네! 정말 반가워!
수철이가 서울 명문대 갔다는 이야기 들었어. 얼마나 좋아!"

"영희도 서울로 대학 갔다던데.. 영희네는 어떻게 살아?
우리는 수철이가 어찌나 돈. 돈. 돈 하는지 살림을 못 하겠어
영희는 어때?"

"에구! 수철이 연애 하나 보다 남자애들 연애하면 그러잖아.
우리 영희는 얌전하고 착해서 등록금 외에 생활비는 달라고 안 해.

친구와 함께 방을 얻었는데 친구 집이 부자라서 생활비를
다 낸 다 더라고. 대신에 영희는 요리하고 청소하고 빨래해 주고
가끔 용돈도 받나 봐."

23
방생

열아홉,

꽃처럼 피어나던 청춘의 봄날이었다.

깜짝 놀랄 만큼 예쁜 여학생과 데이트를 했다.

어떻게 만났는지, 데이트에 이르기까지 얼마나 노력을 했는지는 생략하겠다.

당시,

고삼이 연애한다는 것은 어마 무시한 사건이었다.

일요일 낮에 빵집에서 단팥죽과 곰보빵을 먹으며 다소곳이 앉아 있다가 헤어지는 것이 데이트의 전부였지만, 학교에서 알면 정학이요, 부모님께 들키면 몽둥이찜질뿐인가 여학생은 삭발당하고 감금되기도 했다.

그러던 차에, 봄이 왔다.

우리는 일요일에 일찍 만나 교외의 유원지로 나가기로
했다.

며칠 동안 가슴이 설레 잠을 설치다가 가장 멋진 사복
을 차려입고 나갔다.

그녀도 교복을 벗고 연분홍 원피스를 빼 입어, 멋진 몸
매는 물론 예쁜 얼굴이 더욱더 빛나 보였다.

버스 종점에서 내려 한참을 걸어 벚꽃이 만개한 저수
지 둑으로 올라갔다.

수십 년 전 농업용 저수지를 조성하면서 심어 놓은 벚
나무들이 거목이 되어 저수지 둑을 따라 열을 지어 피어
있었다.

장관이었다.

연분홍 꽃구름 속으로 들어선 것 같았다. 바람이 불어
꽃비가 내리고 그 꽃비를 맞고 있는 그녀는 비현실적인
천사였다.

벌써 수많은 상춘객이 자리를 깔고 앉아 낮술을 마시고 더러는 설장구 장단에 맞추어 지화자 흥겹게 춤을 추고 있었다.

우리는 뚱땅 뚱따당 장구소리와 니나노 떼창의 난장판 소음공해를 피해 둑의 끝자락으로 갔다.
봄 가뭄이 들어 물은 저수지에 반쯤 밖에 차 있지 않았고, 물의 색깔도 혼탁했다.

하지만,
그곳도 조용하지 않았다.

어느 절에서 방생 법회를 나온 모양인지, 목탁 소리와 염불 소리가 요란했다.

저수지 안쪽 산기슭 길에 관광버스가 한 대 세워져 있었고 물이 빠진 저수지 안쪽의 비탈길을 한참 내려간 물가에서 머리카락이 하얗게 센, 치마저고리를 입은 할머니 수십 명이 모여 저수지에 쌀과 밥과 미꾸라지를 던지며 용왕대신을 연호하고 있었다.

그래도 우리는 마냥 좋았다.

둑 끝의 마지막 벚나무 아래 손수건을 깔고 나란히 앉았다.

무슨 이야기를 나누었는지는 기억나지 않는다.

아마도 말을 많이 하지는 않았을 것이다.

나는 심취해 있는 과학과 문학 세계에 대해 이야기를 꺼낸다는 것이 대단히 위험하다는 것을 국민학교 시절부터 잘 알고 있었다.

잘난 체 하는 놈,

상상 속에 사는 이상한 놈,

무슨 소리를 하는지 저도 모르면서 책을 외워 말하는 놈이라는 꼬리표를 내내 달고 살았기 때문이었다.

따라서 둘이서 말을 주고받을 수 있는 공통된 대화의 소재를 찾아내는 데 한계가 있었다. 그녀 또한 말이 별로 없었다.

그냥,

청춘의 설레는 가슴만 안고 하늘과 그 하늘이 비친 저수지에 떠도는 벚꽃 잎을 마냥 보고 있었다.

손을 잡아볼 엄두도 내지 못하고, 마주 보면 숨이 막혀서 그냥 앞 만 보고……. 그저 이 시간이 길기만 했으면…….

그때,
방생 법회를 하는 곳에서 왁자한 소리가 났다.
"아이고! 보살님!"
"세상에! 사람 살려!"

저 아래 물가에서 할머니 한 분이 물에 빠져, 허우적거리며 뭍에서 멀어지고 있었다.
사람들이 나뭇가지를 들이밀기도 하고 던지기도 했지만, 모두 7,80대 할머니들이었다.

순간,
나는 그곳이 어딘지, 누구와 무엇을 하러 왔는지 잊어버렸다.
수백 미터를 화살처럼 나는 듯 뛰어가 다이빙을 해 할머니를 뭍으로 밀어냈다.
스님과 버스 기사가 할머니를 뭍으로 끌어냈다.

다행히 할머니는 의식을 잃지는 않았지만. 기침을 쉼 없이하며 몸을 마구 떨었다.

입술이 새파랗게 질리고 온몸이 차가웠다. 여든 살은 되어 보였다. 연세가 있으신 만큼 방심할 수 없었다.

"안심할 수 없어요. 어서 병원으로 모시고 가야 합니다."

할머니를 업고 버스까지 가파른 기슭을 올라갈 사람은 나밖에 없었다.

두말없이 할머니를 업고 비탈길을 올라가 버스에 태웠다. 허겁지겁 할머니들과 스님이 버스에 오르며 고맙다고 합장을 했다.

손을 흔들어 버스를 보내고 그녀에게 돌아갔다.

그녀는 다가가는 나를 무표정한 얼굴로 멀거니 보고 있었다.

바람이 불고 다시금 꽃비가 내려 그녀는 꽃구름 속의 선녀가 되었지만, 나는 그녀의 표정에서 무언가 잘못되었다는 것을 느꼈다.

그제야 내 몰골을 살펴보았다.

흙탕물에 들어갔다 나온 생쥐였다.

얇은 봄 바지가 궁둥이에 붙어 팬티라인이 그대로 드러나 보였다.

베이지색 봄 점퍼도 구정물에 흔들어 놓은 걸레였다.

운동화 속에도 황토가 잔뜩 들어 질퍽거렸다.

오늘을 위해 새로 산 새하얀 운동화였는데...

머리를 만져 보니 황토물이 쭉 손을 타고 내려왔다.

얼굴에도 황토가 서걱거렸다.

어찌할 방법이 없었다.

그대로 둑 위로 올라가 그 많은 상춘객 사이를 걸어서 버스 종점으로 가야 했다.

사람들이 장구를 치던 손을 멈추고 장구채로 나를 가리키며 쑥덕거렸다.

창피한 짓을 하여 그리된 것이 아니었기에 창피하지는 않았다. 다만 그녀가 걱정되어 뒤를 돌아다보았다. 그녀는 나와 무관한 사람처럼 고개를 들어 먼 산을 보면서 한

참 뒤처져서 따라왔다.

걸음걸음 물을 뚝뚝 흘리며 버스 종점에 왔다. 기사와
안내양이 시트를 버린다고 타지 못하게 했다.
자리에 앉지 않겠다고 사정사정해 겨우 탔다.

그녀는 안쪽 자리에 혼자 앉아 창밖을 바라만 보다가
시내에 들어서자 내릴 곳이 아닌데도 통로에 서 있는 나
를 오물을 피하듯 몸을 움츠리며 지나갔다. 그리고는 말
한마디는커녕 눈길도 주지 않고 버스에서 내려 가버렸다.

하늘이 무너지고 가슴이 미어졌지만, 묘하게도 그녀를
붙잡고 싶은 생각이 들지 않았다. 시내를 가로질러 가는
동안 많은 승객이 타고 내리며 거지를 피하듯 나를 비껴
가며 혀를 차기도 하고 소곤거리기도 했으나 떳떳한 표
정으로 고개를 들고 있다가 집 앞 정류장에서 내렸다.

그길로 그녀와는 이별이었다.
그녀도 연락해 오지 않았지만, 나도 찾아가지 않았다.

그리고

지금까지 그녀와 헤어진 것을 후회해 본 적도 없다.

하지만

벚꽃이 필 때면 그녀가 생각난다. 정말 예쁜 사람이었다.

조선 시대. 푸줏간.
갓을 쓰고 양반 행색을 한 사내가 거들먹거리며 말했다.

"여봐라. 백정놈아. 돝고기* 한 냥 어치 끊어 내거라."

푸주한이 말없이 고기를 잘라 냈다.
곁에 있던 아낙이 고기를 새끼로 묶는 사이에
다른 손님이 들어서며 말했다.

"여보시게. 김 서방. 돝고기 한 냥 어치 주시게."

푸주한이 고기를 뭉텅 잘라 내어 유지에 싼다.
그걸 본 양반이 화를 버럭 냈다.

"이 백정 놈이! 왜 고기 양이 이렇게 다른 것이냐!"

푸주한이 대답했다.

"나리 것은 백정 놈이 자르고,
이 손님 것은 김 서방이 잘라서 그렇습니다."

---

* 돝고기 _ '돼지고기' 를 이르는 말

늦장가를 가는 사내가 깨소금 쏟아진다는 친구에게 행복한 결혼 생활의 비결을 물었다.

"사소한 일들은 모두 아내가 결정하고 큰일들은 내가 정하지. 그러면 서로의 일에 간섭할 일도 없고 말다툼도 없어."

"그거 말 되네. 그럼, 부인은 어떤 일들을 정하는데?"

"월급 관리하면서 남편과 애들 용돈 얼마 줄까, 보험 넣을까, 적금 넣을까, 아파트 살까, 주택 살까, 국산차 살까, 외제차 살까, 애들 개인과외 시킬까, 학원 보낼까, 어느 대학 보낼까? 명절 때 시댁 갈까, 친정 갈까, 외식으로 뭐 먹을까. 뭐 그런 시시하고 귀찮고 잡스러운 일들뿐이지."

"그럼 자네가 결정하는 중요한 일은 뭔데?"

"통일은 어떻게 해야 할지, 세계 평화를 위해 뭘 해야 할지, 지구 온난화에 어떻게 대처해야 할지, 오존층 구멍은 어떻게 때워야 할지, 외계인이 침공하면 어디로 도망가야 할지, 뭐 그런 크고 중요한 일들은 내가 정하지."

24
잘못된 속담이 많다

'술꾼이 청탁을 가리랴.', '주종불문酒種不問'

아니다.
좋은 술 한 잔 맛보자고 백 리를 가는 것이 술꾼이다.
좋은 술 마다할 술꾼 없다.
청주, 탁주 가려 마시는 것이 진정 술꾼이다.

아무 술이나 퍼마시다가는 시정잡배, 알코올 중독자가
되기 쉽다.

'명필이 붓 가리랴.'

명필이 가장 좋아하는 것이 무엇이겠는가?
좋은 붓과 먹이다.

천금을 주고도 사들이는 것이다.

명필일수록 자신의 글을 아름답게 남기기 위해 붓을 가린다.

'대목이 연장 가리랴.'

서툰 목수 연장 탓만 한다고?

드라이버로 나사못 하나만 풀어 본 사람이라면 좋은 연장이 얼마 중요한지 알게 된다.

같은 실력이라면 좋은 연장을 가진 사람이 백전백승 한다.

그러기에 대목일수록 좋은 연장을 보물보다 더 아낀다.

사람이 일하는 것이 아니라 연장이 일하는 경우가 많다.

와전된 속담도 많다.

'사위 자식 개자식'

아니다.

'사위 자식 대代자식'이 본디 속담이다.

딸만 있는 집의 사위는 아들 대신이라는 말이다.

'업은 애기 삼 년 찾는다.'

건망증을 빗대는 말이지만 삼 년이 아니다.
본디 속담은,
'업은 애기 삼 간三間 찾는다.'

애기를 업고 초가삼간을 뒤진다는 말이다.

중년 여인이 암에 걸려 임종을 맞았다.

평생 바람을 피우며 속을 썩였던 남편이 울며 사죄했다.
"내 죄야! 내 죄! 내가 당신 속을 얼마나 썩였으면!
흑, 흑, 흑... 미안해. 정말 미안해..."

아내가 말했다.

"괜찮아. 울지 마.
나는 벌써 오래전에, 당신이 처음 외박한 날부터 당신을 용서했어.
그러니 나에게 미안해하지 말고 좋은 여자 있으면 재혼해."

"아냐! 이틀이 멀다고 외박하고 한 달이 멀다 하고 여자 바꾼
나 같은 놈을 누가 따라 살겠어!
당신이니까 말없이 가정을 지켜 주었지... 어떤 여자가.... 여보, 미안해."

아내가 꺼져가는 목소리로 남편에게 부탁했다.

"여보, 화장대 서랍 안에 작은 보석함이 있을 거야.
그거 좀 가져다줘."

남편이 보석함을 가져와 열었다.

그 속에는 금으로 만든 행운의 열쇠 하나와
땅콩 세 알이 들어 있었다.

아내가 보석함을 들여다보며 희미하게 웃었다.

"당신이 바람을 피우고 외박을 할 때마다
나는 이 보석함을 들여다보며 당신을 용서했어."

남편이 의아해 물었다.

"이, 이게 뭔데, 나를 살린 거야?"

아내가 힘겹게 대답했다.

"당신이 외박하면 나도 나가서 다른 남자를 만나고,
그때마다 땅콩을 한 알씩 모았어."

"그, 그럼, 당신도 세 번이나?"

여자가 고개를 흔들며 대답했다.

"그 행운의 열쇠, 땅콩을 모아 팔아 산 거야. 당신 가져."

25
그 소녀

1970년대 어느 해.

국민 학교 오 학년 소년은 잠을 이루지 못했다.

가지고 싶은 것이 있었기 때문이었다.

소년은 손재주가 남달라 뭐든 만들기를 좋아했고, 특히 비행기를 좋아했다.

소년의 바이블에 다름 아닌, 월간 잡지 '학생 과학'에 실린 모형 비행기 1:1 청사진을 보고 대나무 살을 깎아 촛불에 휘어 날개를 만들고 습자지를 붙여 글라이더를 만들기도 했고, 용돈을 모아 고무 동력기 키트를 사서 조립하기도 했다.

소년이 만든 모형 비행기는 여느 고등학생이 만든 것보다 더 성능이 우수해, 모형 비행기 대회에 나가서 상을 받기도 했다.

그러던 어느 날, 소년은 '학생 과학'에 실린 모형 글라이더 키트의 광고를 보고 말았다.
대나무 살을 휘어 붙이는 어설픈 모형이 아니었다.
무수한 부품이 발사 나무판에 새겨져 있었다.
마치 실제 비행기의 부품을 축소해 놓은 것 같았다.
광고 속의, 완성되어 하늘을 나는 비행기의 모습이라니!

소년은 그날 저녁부터 자신이 조립해 만든 비행기를 타고 하늘을 나는 꿈을 꾸었다.

소년의 가정은 부유한 편이었으나, 형제가 다섯이었다.
현명한 부모님은 우애를 끊는 편애를 우려해서 다섯 아들 중 누구에게도 따로 특별한 선물을 사주지 않았다.
따라서 비행기를 사려면 몇 달간 용돈을 아껴 모아야 했다.

그렇게 오매불망 비행기 꿈을 꾸던 어느 날,
소년은 학교에서 짝꿍으로부터 놀라운 소식을 들었다.

일요일에 전 가족이 잔디 씨를 채취하러 간다는 것이 었다.

한국의 야생 잔디가 외국에서 인기가 있어 골프장과 축구장에 심으려고 국산 잔디 씨를 비싸게 사 간다는 것이었다.

그래서 온 가족이 일요일이면 야산과 무덤가로 나가서 잔디 씨를 훑어 판단다.

소년의 집은 도시 변두리 야산 아래 있었고, 소년은 커다란 잔디밭을 알고 있었다.

문제는, 깨알보다 더 조그만 잔디 씨를 어떻게 따야 팔만큼 모을 수 있느냐는 것이었다.

가느다란 줄기 끝에 줄줄이 매달린 열매를 한 줄기씩 손으로 훑어 내서는 백 년을 모아도 비행기를 살 수 없을 터였다.

소년은 고민하다가 나름대로 해결책을 찾았다.

그것은 바로 알루미늄 도시락 뚜껑이었다.

씨가 맺힌 잔디 줄기를 손바닥을 펴 가리고 알루미늄 도시락 뚜껑의 한쪽 면을 손바닥에 밀어붙이면, 잔디 씨

그 소녀

줄기가 모이게 되고, 도시락 뚜껑의 날카로운 면을 그대로 위로 훑어 올리면 잔디 씨가 우수수 도시락 안으로 쏟아져 들어올 것 같았다.

낟알을 수확하는 홀태를 만든 것이다.
대문 앞 자투리땅을 침범한 야생 잔디에 홀태를 시험해 본 소년은 쾌재를 불렀다.

돌아온 일요일.
소년은 두 살 아래 동생을 꼬였다.
동생은 숙제를 보살펴주고, 학교에 함께 가면서 나쁜 녀석들에게서 보호해 주는 형의 말을 거스르는 법이 없어서 형제는 도시락 뚜껑 두 개와 비닐봉지를 가지고 뒷산으로 올라갔다.

뒷산에는 그 도시에 상수돗물을 공급하는 배수지가 있었다.
산 중턱 높은 곳으로 수돗물을 끌어 올려 그 수압으로 시내에 수돗물을 공급하는 것이다. 물론 배수지 주변은 함부로 사람이 드나들 수 없도록 철조망이 쳐져 있었지만, 동네 개구쟁이 꼬마들에게는 무용지물이었다.

배수지는 산 중턱을 깎아 만든, 어마어마하게 큰 지하
물탱크였다.

그 물탱크 위에 흙을 덮고 잔디를 심어 관리하는, 축구
장만큼 큰, 잘 가꾸어진 한국 야생 잔디밭!

꼬마 형제가 철조망에 뚫린 개구멍을 통해 배수지로
갔을 때, 배수지에는 벌써 다른 손님이 와 있었다.

잔디 밭 건너편에 할머니와 손녀로 보이는 두 사람이
엎드려 잔디 씨를 채취하고 있었다. 그 사람들이 먼저 싹
쓸어 갈까 봐 마음이 급해진 형제는 잔디밭을 기어 다니
며 부지런히 씨를 훑기 시작했다.

소년이 발명한 홀태는, 성능이 아주 우수했다.

도시락 뚜껑으로 우수수 쏟아지는 씨앗을 보고 신바람
이 난 형제는 시간 가는 줄 모르고 수확에 열중했다.

몇 시간이 흘렀을까?

둘이 채취한 씨앗을 한 봉지에 담으니 제법 묵직했다.

그 소녀

소년의 눈앞에 비행기가 보이기 시작했다.

형제가 손바닥이 화끈거리고 무릎이 아파 잠시 허리를 펴니, 반대쪽에서 다가오던 할머니와 손녀가 눈앞에 있었다.

그들도 힘이 들었던지 할머니가 손수건을 펴 잔디밭에 깔며 손녀에게 말했다.

"아가야. 좀 앉아 쉬다가 따자. 바지에 풀물 들지 않도록 여기 손수건 위에 앉아라."

손녀가 대답했다.

"아녀요. 할머니, 할머니가 깔고 앉으셔요."

"아니다. 한 벌밖에 없는 바지에 풀물이 들면, 내일 학교에 어떻게 가려고 그러냐. 네가 앉아라."

손녀가 손수건 위에 앉았다.

형제는 다시 잔디 씨를 훑기 시작했는데, 할머니와 손녀의 대화가 소년의 귀에 들렸다.

"할머니. 아버지 산소에도 이렇게 잔디가 잘 자랐으면 좋겠어요. 이 씨앗 팔지 말고 두었다가 아버지 산소에 뿌리고 싶어요."

"아니다. 무덤을 만든 지 몇 달 되지 않아서 아직 잔디가 뿌리를 내리지 못해서 벌겋게 보이는 거야. 이 씨앗은 팔아서 네 운동화를 사기로 했잖아."

엎드려 잔디를 훑던 소년이 곁눈질로 손녀의 운동화를 보았다.
바닥이 다 닳아 구멍이 나고 위쪽 천도 너덜너덜해 걸레 같았다.

소년은 그만 잔디 씨를 훑고 싶은 마음이 사라져 버렸다.
꼭 손녀의 운동화를 훔치는 기분이 든 것이다.

이때, 할머니가 형제에게 말을 걸었다.
"애들아! 배고프지? 이거라도 먹을래?."
하며, 삶은 고구마를 내밀었다.
소년은 멀뚱히 할머니 손에 들린 고구마를 보다가 소녀를 보았다.

그리고
가슴이 철렁 내려앉았다.

오 학년 까지 한 번도 같은 반이 아니었고, 아는 체를 해본 적도 없었지만, 같은 국민 학교, 같은 학년 여학생이었다.

소녀도 소년이 동창인 것을 눈치챈 듯 고개를 돌려 먼 산을 보았다.

틀림없이 그 아이였다.

올봄에 술주정뱅이 아버지가 기찻길에서 사고를 당하여 돌아가셨다는 그 아이.

어머니는 벌써 몇 년 전에 가출해 할머니와 단둘이 남게 되었다는...

그 아이가 틀림없었다.

그때 불우 학우를 돕자고 전교생이 동전을 모으고 쌀을 봉지에 담아 가져가기도 했었다.

할머니와 손녀는 도시락 홀태를 알지 못해 손으로 한 줄기씩 일일이 훑었는지, 할머니 곁에 놓인 봉지는 납작했다.

형제가 수확한 양의 오 분지 일도 되어 보이지 않았다.

소년의 머릿속이 텅 비어 버렸다.

한참 동안 멍하니 서 있던 소년은 할머니의 손에서 고구마를 받아 들고 형제가 몇 시간을 기어 다니며 모은 씨앗 봉지를 할머니 손에 들려주며,

"고구마값이에요."

하고는, 도시락 뚜껑으로 잔디 씨를 훑는 방법을 시연해 보인 후 뚜껑을 두 개 다 할머니 곁에 놓고 영문을 몰라 하는 동생의 손을 잡아끌고 냅다 뛰어 집으로 돌아갔다.

며칠 후.

학교 운동장에서 본 그 소녀는 파란 잉크색 새 운동화를 신고 깔끔한 새 바지도 입고 있었다.

소년은 행여, 소녀의 눈에 띄어 그녀가 부끄러워 할까 봐 가까이 다가가지 않았다.

그 소녀도 지금은 그때의 할머니 나이가 되었을 것이다.

그녀는 그때의 일을 기억하고 있을까.

아내가 티브이 먹방을 보며 레시피를 받아 적는다.

남편이 코웃음을 날린다.

"그래 봤자, 한 번도 맛있게 못 하드만... 흥!"

아내가 뱀눈으로 째려보며 대꾸한다.

"당신도 맨날 야동 봤자드만! 흥!"

청춘의 한순간.

탱고가 심장에 꽂혔다.

세상에나!

영화에서 탱고 장면이 나오면 어찌나 가슴이 뛰던지!

앞뒤 없이 탱고를 배우기로 마음먹고 가르쳐 줄 이를 찾았는데, 당시에는 블루스만 가르쳐도 풍속사범으로 체포되어 감옥에 가던 때였으니, 지방 도시에 탱고 선생이 있을 리 없었다.

어떻게, 어떻게 수소문을 해, 인근 도청 소재지 대학의 무용학과 교수 한 분이 탱고 개인 교습을 한다는 정보를 입수하고 달려갔다.

오!

중년의 여교수님은 천사였다.

작은 얼굴에 늘씬한 몸매, 유럽 유학에서 얻은 혀 굴러가는 말투!

교수가 위아래로 쓱 훑어보더니,

"큰 키는 아니지만, 하체가 길고 날씬하고 두상이 작아서 체형은 나쁘지 않네."

하며 받아 주겠단다.

그 자리에서 육 개월 레슨비로 거액을 선납하고 일주일에 두 번씩 일대일 단독 레슨을 받기로 했다.

그리하여,

편도 80km를 달려가 이십 분 정도 교습을 받고 와 사흘을 홀로 연습하는 집념을 불태웠다.

한 달 후.

교수가 다섯 달 분 교습비를 환불해 주셨다.

"돼지를 가르쳐도 너보다는 잘하겠다."

"차라리 전봇대를 가르치고 말겠다."

"블루스 스텝도 따라 하지 못하는 최악 몸치."

"박자도 못 맞추니 백치인가?"

"어디서 단 하루라도 내게서 사사 받았단 말하지 마라."

그 후,

불법 댄스 교습소 개설 위법보다는 경찰 고위 간부 마누라에게 춤을 가르쳐 바람이 나게 한 패씸죄로 감옥에 갔지만, 교도관들에게 춤을 가르쳐 범털로 편히 징역을 살았다는, 빗자루도 춤추게 한다는 고명하신 춤 선생, 전설적인 '왕제비' 동네 행님이 또 잡혀갔을 때, 형수가 구명 탄원서를 써 달라고 통사정을 해서 '딴스 홀을 허하라.' 주의자였던 고로,

내친김에 아주 모범 주민으로 동네 미풍양속을 해치기는커녕 아름다운 문화 활동을 보급한 사람이라고 동네 주민들 연명까지 받아 주었다.

덕분에

집행 유예로 풀려난 행님이 보은 답례로 공짜로 블루스를 가르쳐 주겠다기에 탱고 사건도 있고 하여 비장한 각오를 하고 레슨에 임하여, 온종일 음악을 틀어놓고 연습에 연습을 거듭하였다.

그러나....

"너는 책이나 보고 글이나 써라. 다른 건 다 영리한 놈이 춤에는 왜 이리 멍청하냐! 떠글!"

"안 되면 되게 하라."

멍멍이 소리다.
현혹되지 마라.
안 되는 건 안 되는 거다.

안되어도 재미있게 즐길 수 있는 일이라면 모를까, 소질도, 여건도 따르지 않는 일에 쓸데없이 인생 낭비하지 마라.

그렇게 안 되는 건 하지 않아야 한다는 교훈을 몸으로 깨달았던 것이었던 것이었다.
하지만...
지금도 탱고가 흘러나오면 가슴이 뛴다. 이생에서는 이룰 수 없는 슬픈 꿈...

이몽룡과 성춘향이 16세 단옷날 만나 정분이 난 것은 주지의
사실이다.

 또 하나 주지해야 할 사실은 방자는 이몽룡의 하인이 아니라,
관아의 하인이었고, 향단이는 기생 월매의 종이었는데 둘 다 이몽
룡과 성춘향이 보다는 나이가 훨씬 많은 어른이었다는 사실이다.

 당신은 꽃피는 봄날, 귀때기에 피도 덜 마른 이몽룡과 성춘향
의 연애질을 눈앞에서 지켜보아야 했던 두 사람의 심정을 한 번
이라도 헤아려 본 적이 있는가?

 단오 무렵은 양기가 가장 왕성한 시절인지라, 한민족에게는
남자들이 양지바른 곳에서 양물을 내놓고 거풍 양건하여 양기
를 보하고 살균 소독을 하는 대단히 과학적이고 의학적인 풍속
이 있던바....

 몽룡이 자신의 눈치를 보지 않고 거리낌 없이 놀도록 멀찌감치
물러나 있던 방자는 주위에 인기척이 없자 오뉴월의 양기가 아
까워 바지를 내리고 누웠다.

 이때, 향단이 또한 춘향이 눈에 띄지 않는 곳을 찾다가 방자

를 발견했다.

"에그머니나! 방자 너 시방 무슨 짓을!"

관아의 하인으로서 양반들의 온갖 잡스러운 짓을 다 수발하던, 닳고 닳은 방자가 아닌가. 천연덕스럽게 대꾸했다.

"보고도 모르냐. 고추를 양건하여 태양초를 만드는 중이다."

향단이 또한 기생집 종으로서 볼 것, 못 볼 것 다 보고 살아 온 터... 속곳을 내리고 방자 곁에 누웠다.

방자가 은근하게 물었다.

"너는 또 왜 그러냐?"
"고추 포대를 말리려고 그런다."

둘은 한참 동안 말이 없었다.

그러다가 향단이가 방자의 옆구리를 푹 찌르며 말했다.

"고추 다 말렸으믄 얼른 포대에 담아."

27
펜션 유감

몇 년 전에 초등 교장으로 정년을 맞이한 고향 선배가 바닷가 처갓집 터에 펜션을 지어 인생 이모작을 시작했다며 개업 초대장을 보냈기에 가족 여행 겸 '한 번 갈아주러(매상 올려주기)'갔었다.

경치도 훌륭하고 펜션 모습이나 시설도 나무랄 데 없어 지인들 모두 감탄했다.

하지만
뭔가 불편했다.

뭇사람들의 칭찬에 우쭐한 선배에게 뭐라 찬물을 끼얹을 수 없어, 친분이 있는 선배의 동생에게 넌지시 말해주었다.

"펜션이 지속할 수 있으려면 재방문이 많아야 하는데...
우리 가족부터 다시 오기가 좀 그러겠어."

동생이 발끈했다.
"여기보다 경치도 좋지 않고, 시설도 허름한 곳도 장사
가 잘되는데, 형님은 제자들도 많고 친구들도 많고 자식
들도 나름 잘나가서 손님 보내 줄 걸세. 자네가 걱정할
거 없어."

머쓱해서 그냥 화제를 돌렸다.
아니나 다를까 이 년도 되기 전에 곡소리가 났다.
재경 모임에서 만난 선배의 동생이 풀이 팍 죽어 물었다.
"형님 펜션 개업식 때 뭘 보고, 사람들이 다시 오지 않
겠다고 했어?"
"허심탄회하게 내 말을 들어 줄 마음의 자세가 되지 않
았으면 말하지 않을 거야."
"손님이 딱 끊어져 귀신이 나오게 생겼어. 무당 불러
굿이라도 해야 할 판이야. 퇴직금 털고 융자까지 받아 지
었는데 형님 내외 자살할 거 같다고."
"형님 펜션은 기본이 되어 있지 않아."

"무슨 기본?"

"경영 마인드가 잘못되었다고."

"구체적으로 말해줘."

"사람들이 펜션에 뭐하러 가는 줄 아냐?"

"여행 중 숙박하러 오는 거지."

"아냐, 쉬러 가는 거야. 집보다 더 편하게, 쉬러 간다는 거야."

"그럼 형님 펜션에서는 쉬지 못한다는 말이야?"

"그래."

"세상에나, 이게 웬 말이야?"

"그 펜션은 입구부터 불편해."

"뭐가? 주차장부터 화단으로 잘 꾸며져 있잖아."

"돈 안 들이고 형님네 살릴 수 있으니까 내 말 잘 들어."

"뭐든 말해봐."

"일단 주차장에 적혀 있는 '후방 주차 금지' 팻말부터 빼야 해."

"배기가스와 열기 때문에 식물들이 시들잖아."

"주차장도 넓은 데, 후방 경계석을 오십 센티만 당겨 놓아도 식물에 해가 없어."

"그게 쉬는 거와 무슨 상관인데?"

"그뿐 아니야. 펜션 곳곳을 둘러봐. '잔디밭에 들어가지 마시오.', '실내 금연', '냉난방 중에는 창문을 열지 마시오.', '쓰레기 분리수거 철저.', '고성방가 금지', '주방집기, 수건 가져갈 시 고발', '퇴실 시간 준수.' 등등등. 이거 뭐 초등학교도 아니고 펜션에 붙어있는 모든 게시물이 부정적인데 마음이 불편해서 누가 편히 쉬겠냐고."

"그럼 어떻게 해?"

"모조리 바꾸어야지. 잔디밭 가운데 길을 내서 손님들이 다니게 하고, 화단도 마찬가지야. 예쁘게 가꾸어 보여주는 것으로는 부족해. 꽃 곁으로 들어가는 길을 내어 보듬고 사진을 찍게 해야 한다고. 또, 실내 금연 백번 써 붙여봐야 흡연자들 지키지 않아. 차라리 흡연 가능한 방을 만들어 예약할 때 선택하도록 하든지 아니면 베란다에서는 허용을 해야 해. 냉난방할 때 창문 열지 마라고? 그냥 두어도 그러는 사람들 거의 없고 그 정도 냉난방비는 각오해야지. 그리고 요즘 누가 남이 쓰던 그릇 수건 쓰냐? 쓰레기 분리수거? 집에서도 잘 안 해. 어차피 주인이 다시 해야 해. 좌우지간 무엇을 써 붙이든지 긍정적으로 표현하고, 형님 내외 마인드도 그렇게 바꾸시라고 해. 손님을 왕까지는 아니더라도 최소한 친구로는 생각해야지 이건 가르치던 제자 취급이니 누가 오겠어."

선배가 내 말을 들었더니 다행히도 올해부터 흑자가
난다고 공짜로 재워 준다고 애들 데리고 비수기에 한번
놀러 오라고 한다.

그래서 대답해 주었다.
"비수기에는 어디든 싼 값에 골라 자는데 돈 몇 푼 아
끼려고 기름 때 가며 좀스럽게 거기까지 가겠습니까?
쏘시려면 매출 감소를 각오하고 휴가철 성수기 때 부르
세요. 그래야 감동 해서 비수기 때도 제값 내고 쉬러 가
지요"

세상에.
 나에게 이런 일이 일어날 줄은 몰랐다.

물론,
세상일은 알 수가 없어서 조심 또 조심했다.

대중교통을 이용할 때면 혹시라도 오해가 생길까 봐 두 손을 쳐들어 손잡이를 잡는 매너 손은 기본이었고 여성이라면 호랑이 (죄송) 보듯 근접 조우를 회피했는데...

오늘 지하철에 모처럼 좌석이 있어서 앉아 가다가 칠순은 되어 보이는 할머니가 앞에 서기에 황급히 일어나 자리를 양보하는데 지하철이 덜컹거려 할머니가 내게 휘청 넘어지려 했다.
재빨리 몸을 틀어 할머니가 자리에 앉도록 했는데... 그 과정에서 할머니가 내 가슴을 스쳐 앉았다.

그런데!!!

할머니가!!

"성폭행이여!"

하는 것이었다!!!
순간 머릿속이 하얗게 비워지는 것 같았다.

즉각 목소리를 높여 항변했다.

"세상에! 성폭행이라니요! 이러시면 안 되지요!
이 많은 사람이 다 지켜보았는데요!"

할머니가 대꾸했다.

"이차 성북행이냐고. 성북행!"

28
한국전쟁

1950년 12월.

7월 초에 징집되어 고향 마을 국민학교 운동장에서 한나절 M-1 소총의 분해 결합과 사격 훈련을 받고 트럭에 실려 전장에 투입된 장 일병은 5개월 사이에 총알이 빗발치는 아수라 지옥에서 수십 번 죽을 고비를 넘겨야 했다.

말 그대로 전우의 시체를 넘고 넘어야 했다.

실제로 전우의 시체로 메워진 형산강을 도강해 북진한 장 일병의 부대는 38도 선 부근 태백산맥 준령에서 전투가 교착 상태에 빠진 짧은 순간에 전열을 정비했다.

고전적인 육상전에서는 높은 곳에서 아래를 내려다 볼 수 있는 감제고지瞰制高地의 선점이 전투의 승패를 좌우하기 때문에 한국전쟁 당시에는 무수한 고지전이 벌어졌다.

천 이 백 미터 산 정상을 탈환해 GP[*]를 구축한 장 일병의 부대는 고지를 사수하고자 병사들을 속속 올려보냈다.

장 일병도 GP에 대기하라는 명령을 받고 분대원들과 함께 산꼭대기로 올라가야 했다. 하지만, 군장과 총만 가지고 가는 것이 아니었다.

예나 지금이나 인간은 먹지 않고서는 싸울 수 없으니, 고지에 있는 전우가 먹을 주먹밥을 가득 담은 지게를 지고 올라가야 했다.

맨밥에 굵은 소금을 뿌렸을 뿐인 주먹밥이었지만, 고지에서 하루를 굶은 전우들에게는 평생을 두고 회상될 꿀맛일 터였다.

18세에 벌써 단오 씨름 대회에서 우승해 황소를 타와 농사를 지었을 만큼 용력이 뛰어난 장 일병이었다.

어린 시절부터 키에 맞는 작은 지게로 지게질을 시작한 이래, 지게는 장 일병의 등에 붙은 뿔과 같은 것이었다.

*GP_ 한반도의 휴전선에 있는 휴전선 감시 초소 (Guard Post)

밥을 가득 담은 바지기 아래 군장을 묶고 총을 목에 건 장 일병은 앞장서서 산을 올랐다.

무거운 밥을 지고 힘겹게 산 중턱에 오른 장 일병은 분대원들이 뒤처진 것을 보고 바람의지를 찾아 바위 그늘에 앉았다.

뒤에 따라온 전우들도 장 일병을 따라서 잠시 지게를 벗고 바위벽에 기대앉아 숨을 골랐다.

맨 마지막으로 장 일병과 동향인 김 일병이 올라왔다.

사는 동네가 달라서 징집 전에는 서로 만난 적이 없었지만, 전장에서 만난 동향 동갑내기가 어찌 살갑지 않겠는가.

저녁이면 나란히 누워 고향에 두고 온 부모 형제 걱정에 함께 잠을 못 이루는 친구가 된 것이다.

김 일병은 효자였다.

이 대 독자였던 아버지가 장남 이후 아들을 더 가지려 딸을 셋 낳은 끝에 얻은 막내였다.

부모님이 연로하시고 십여 년 터울 장형이 서울에서

장사하기에 고향에서 김 일병이 부모님을 모시고 농사일을 도맡다 온 것이었다.

가까이 살면서 농사일을 거들어 주던 둘째 매형까지 징병 되어 이 전장 어디에선가 자기처럼 잠을 못 이루고 있을 거라며, 어서 전쟁이 끝나 고향에 돌아가 부모님을 봉양해야 한다며, 가끔 울컥 눈물까지 머금었던 착한 청년이었다.

장 일병은 김 일병이 올라오자 벌떡 일어나 손을 내밀며 말했다.

"내가 지게 받아줄게. 좀 쉬었다 와."

하지만, 김 일병은 지게를 내려놓지 않았다.

"위에 친구들 얼마나 배가 고프겠냐. 먼저 올라가 기다릴게."

"아녀. 내가 선착이고 충분히 쉬었으니까 내가 바삐 올라갈게. 너는 좀 쉬었다가 올라 온 차례대로 맨 나중에 와."

그러나, 김 일병은 장 일병의 말을 듣지 않고,

"아직 쉬어야 할 만큼 힘들지 않아, 이대로 내가 먼저 올라갈게."

하며 선걸음에 바위 모퉁이를 돌아 나갔다.

순간!

"따쿵!"

총소리가 계곡에 울려 퍼지고...

총에 맞은 김 일병이 앞으로 고꾸라졌다. 바지게에서 쏟아져 나온 주먹밥이 산비탈 아래로 우수수 굴러 내려 갔다.

장 일병을 위시한 나머지 분대원들은 지게를 버리고 총만 들고 산 아래로 몸을 날렸다.

곧이어 포성과 총성이 폭풍처럼 몰아졌다.

그날, 고지에 있던 국군은 전멸했다.

며칠 후,

반격에 나선 국군이 고지를 재탈환했고, 장 일병은 벌써 산짐승들에게 훼손된 김 일병의 시신을 수습해 나중에라도 신원을 확인할 수 있도록 입속에 인식 군번표 두 개 중 하나를 떼어 넣고 돌무덤을 만들었다.

그날, 죽을 사람은 장 일병이었다.
앞장 서 바위 모퉁이를 돌아 나갈 사람은 장 일병이
었다.

이 무슨 운명의 장난인가.

장 일병은 김 일병의 주머니에 들어 있던 지갑을 들고
돌무덤 앞에서 피눈물을 흘렸다.
그리고 그 무덤 자리를 가슴에 새겼다.

휴전되어 고향에 돌아온 장 일병은 김 일병의 집을 찾
아가 지갑을 전해주며 아들의 제삿날과 무덤 자리를 알
려주었다.

막내아들의 피로 얼룩진 지갑을 놓고 김 일병의 부모
는 혼절했다.

38선 이북의 깊은 산속 바위 밑에 묻혀있는 김 일병의

시신을 고향마을로 데려오는 것이 선친의 평생소원이었
으나, 끝내 이루지 못하고 돌아가셨다.

　12월이 되면,

　선친께선 동생과 남편이 전사한 후 비구니가 된 김 일
병의 둘째 누나가 있는 암자를 찾아가 명부전의 김 일병
위패 앞에서 해 질 녘까지 앉아계시곤 했다.

오래전, 단옷날.
남도의 큰 고을 장터에 큰 씨름판이 열렸다.

한나절의 예선 끝에 마침내 황소를 놓고 지웅을 가리는 결승전!

농악대가 흥을 돋우는 가운데 장꾼들도 노점을 팽개치고 달려오
고 엿장수도 가위질을 멈추었다.
구름처럼 몰려온 관중의 대부분은 장을 보러 나온 젊은 처자들과
아주머니들이었다.

결승에 오른 장정은 홍 장사와 김 장사로 둘 다 남도에 널리 이름
이 난 씨름꾼이었다.

현란한 기술을 앞세워 연전연승하는 키 크고 잘생긴 홍 장사를,
어깨가 떡 벌어지고 허리가 두툼한 김 장사가 힘을 앞세워 들배
지기로 들어 넘기려고 샅바를 바짝 끌어당기자 홍 장사가 몸의
중심을 낮추려 허리를 숙이며 엉덩이를 뒤로 쑥 빼는 찰나,

홍 장사의 바지 뒤가 주욱 터졌다.
속옷 자체가 없던 시절이었으니...
홍 장사의 실하다 못해 우람한 고추와 쌍방울이 고스란히 봄볕
을 보게 되었다.

심판이 경기를 중지시키려 했지만, 순간 홍 장사가 비틀거렸다.

승패가 결정될 수 있는 순간에 경기를 중지시켰다가는 몰매를 맞고 죽을 수도 있는 판인지라 심판은 이를 악물고 웃음을 참으며 경기를 속행했다.

다행히 위기를 벗어난 홍 장사가 김 장사를 붙잡고 뱅뱅 도는 통에 홍 장사의 쌍방울과 고추가 씨름판을 에워싼 뭇 여인네들의 앞을 몇 바퀴나 돌았다.

마침내
홍 장사의 잡치기가 먹혀 김 장사가 넘어지고 홍 장사가 두 손을 번쩍 들었을 때, 씨름판 주위에는 온전한 사람이 한 사람도 없었다. 모조리 배꼽을 쥐고 땅바닥에 데굴데굴 구르며 눈물 콧물을...

그 후....

다음 해 씨름판.

홍 장사는 선수로 출전하지 못하고 피골이 상접한 몰골로 관전을 하고 있었다.

"내일부터 술, 담배, 여자, 골프, 당구, 고스톱 다 끊고, 노래방,
게임방도 안 가기로 했어."

"와아! 결심은 좋다마는,
그렇게 살면 재미가 너무 없어서 우울증 걸린다."

"걱정하지 마,
오늘 진짜 재미를 찾았거든. 그래서 그딴 것 다 끊은 거야."

"뭔데?"

"거짓말하는 재미."

29
밀주

일제 강점기.

주세법이 강행되었다.

일제는 세금을 징수하고 수탈해갈 식량자원이 술이 되어 줄어드는 것을 막기 위해 조선인들에게 가양주*를 담지 못하도록 했다.

수시로 칼을 찬 순사가 부역 매국노를 앞세우고 시골 마을을 급습, 가양주를 수색해 술을 두엄자리에 버리거나 동이를 깨트리고 담은 이를 주재소로 불러 자술서를 쓰게 하고 벌금을 물리는 만행을 자행(해방 후 군사독재 정권 내내 계속)했다.

* 가양주 _ 집에서 담근 술

하지만,

한민족에게 농번기의 농주는 밥보다도 더 소중한 에너지원이자 고된 영농의 힘겨움을 즐거움으로 바꿔주는 마법의 감로에 다름 아닌바, 서슬 퍼런 일본도 앞에서도 농주를 포기할 수는 없었다.

모내기를 앞둔 남도의 평화로운 농촌 마을 샘터에 술 향기가 가득 차올랐다.

술맛은 물맛을 따라가는 법.

사방 백 리 안에서 가장 물맛이 좋기로 소문난 '별 샘'은 그 마을의 자랑이었고, 주변 마을에서도 술동이를 이고 기꺼이 십리 길을 마다치 않고 걸어와 술을 걸러 가곤 했다.

그날도 서너 마을에서 모여든 아낙네와 처자들이 웃음꽃을 피우며 술을 걸렀는데, 그 자리의 퀸은 단연, 열일곱 처녀 금순이었다.

금순은 그 들녘 대부분을 소유한 부농의 딸로, 손에 물을 묻히지 않아도 되는 촌장의 금지옥엽이었지만, 허드 렛일과 들일을 마다하지 않았고, 특히 술을 거르는 것은 남의 손에 맡기지 않았다.

가문 전래의 구기자 막걸리를 담고 거르는 것을 열 살 무렵부터 할머니로부터 전수 받아 도맡아 온 것이었다.

금순은 여자로서는 기골이 범상치 않았다.

당시 조선 여자들의 평균 키 보다 한 뼘은 더 커, 남자 들도 금옥보다 작은 이들이 태반이었다. 기운 또한 남자 에 뒤지지 않아, 물동이도 다른 처자들이 흔히 쓰는 한 말들이가 아니라, 장정도 조심스럽게 다루어야 하는 두 말 들이(물을 담으면 동이 무게까지 50kg 이상)였다.

금순이 술을 다 걸러 동이에 가득 채웠을 무렵! 누군가 가 비명처럼 소리를 질렀다.

"순사다! 나까무라와 다까끼가 온다!"

여자들이 벼락을 맞은 듯 손을 멈추고 마을 어귀를 보 니 어린애처럼 작은 왜놈 순사 나까무라가 옆구리에 찬칼 을 질질 끌며, 창씨개명까지 하고 나까무라의 똥꼬를 핥고 다니는, 나까무라 만큼이나 키가 작은 매국노 다까끼를 앞세우고 거들먹거리며 마을을 가로질러 오고 있었다.

간이 오그라든 여자들이 술동이고 뭐고 다 버리고 논둑길을 따라 도망쳤다.

하지만, 금순은 눈썹 하나 까닥이지 않고 술동이에 커다란 함지박을 올려 동동 띄우고는 두 손으로 번쩍 들어 머리에 이고, 나까무라가 오는 길로 마주 나갔다.

성큼성큼 걸어 나까무라와 다까끼에게 정면으로 다가서니, 키가 작은 놈들에게 동이 속의 술이 보일 리 없었고...,

동동뜬 바가지와 당당한 기세를 보고 물을 길어 가는 것이라 짐작한 놈들이 길 한편으로 비켜서 금순에게 길을 열어 주었다.

몇 걸음 걸어가던 금순이 오지동이 깨지는 소리에 뒤를 돌아보니, 나까무라와 다까끼가 샘가의 술동이를 마구 깨뜨리고 있었다.

밀주

금순은 나까무라가 마을 어귀에 묶어 놓은 말의 고삐를 풀고 엉덩이를 회초리로 때려 쫓아 버린 후 마을 뒷길로 돌아 집으로 갔다.

　"어머니, 그때 나까무라가 길을 막고 술동이를 내려놓으라 했으면 어찌하시려고 그런 배짱을 부리셨어요?"

　"손이 미끄러지는 척하면서 나까무라 대갈통에 술동이를 내리쳐 자빠뜨린 후 길가 논고랑에 처넣고 목을 밟고 서 있으려 했지."

포장마차에서...

"좋은 말로 할 때, 네 아버지한테 우리 엄마 건들지 말라 해!"

"네 엄마야말로 우리 아버지한테 꼬리 치지 말라 해!"

고성이 오가는 청년 둘의 분위기가 일촉즉발.

"어미를 죽이든, 아비를 죽이든 집에 가서 해라."

포차 주인이 둘의 술잔을 빼앗고 내쫓는다.

청년들이 나가자 손님들이 혀를 차며 한숨을 쉰다.

"아비, 어미 불륜에 자식들 살인 나게 생겼네. 이일을 워쩐다냐."

포차 주인이 탁자를 훔치며 말했다.

"앞집 쌍둥이들인데, 술만 취하면 저래요."

"니들은 쌍둥이인데도 왜 그렇게 싸우냐!"

"형이라고 갑질을 너무 하잖아요!"

"동생 주제에 형을 만만하게 보고 자꾸 개기잖아요!"

"오 분 먼저 태어난 게 형이라고!"

"그래도, 형은 형이지!"

"갓난애 때 바꾸어 놓았는지 누가 아냐고!"

30
새댁 포차

사십 년쯤 전.

남도의 항구도시 구석진 곳에 젊은 여인이 포장마차를 열었다.

이십 대 중반,

볼에 연지 발이 가시지 않은 새댁이 갓난애를 등에 업고 길바닥에 나선 것이다.

쉽지 않은 용기였다.

시내 중심가에서 벗어난 길에서도 골목으로 꺾어진 곳이라서 알음이 아니면 찾아가기 어려운 곳이었다.

좁은 골목길 벽에 붙여 놓은 리어카 하나 앞에 서너 사람이 앉을 긴 널빤지 걸상이 전부인, 초라하기 그지없는, 노점이었다.

하지만

곱상한 얼굴에 친절한 언행이 금방 소문이 나 '새댁 포차'에는 손님들이 줄을 이었다.

새댁 포차의 메뉴는 간단했다.
순대와 머리 고기, 소주가 전부였다.

그러나

그 포차의 나무 걸상에 끼어 앉는 행운을 잡은 주객들은 쉽게 일어서지 못했다.

술은 남았으나, 안주가 떨어지면 새댁이 재빨리 안주를 몇 점 썰어 주고, 안주는 남았으나 술이 부족하면 술한 병을 내놓는 것이었다. 물론 새댁이 내놓는 안주와 술은 서비스였다.

새댁의 눈썰미가 대단해서 서비스로 내놓은 술과 안주가 서로 엇박자였다. 즉, 서비스 안주가 남아서 술을 부를 수밖에 없고, 술이 남아서 안주를 부르지 않을 수 없게 만드는 것이다.

더욱이

갓난애를 업고 난장에 나선 새댁의 안주와 소주 한 병을 얻어먹고 그냥 일어설 주객도 없었다.

손님들과 술잔이나 농담을 주고받지는 않았으나, 눈보라 치는 날이든 태풍이 오는 날에도 포대기에 꽁꽁 싸맨 어린애를 등에 질끈 동여매고 웃는 얼굴로 손님을 맞는 젊은 새댁의 억척을 넘어선 비장한 생존 투쟁에 감동한 주객들은 골목에 줄을 서서 기다리거나, 차례를 대어 놓고 인근 술집에서 일차를 하고 오는 수고로움을 마다하지 않았다.

일 년이 채 못 되어 여인은 골목 입구에 가게를 잡아들었다.

드디어 손님을 탁자에 앉혀 놓고 받을 수 있게 된 것이다.

아이도 커서 등에서 내려놓았고 새댁 티도 벗었으나, 여인은 초심을 잃지 않고 손님들에게 안주와 술 서비스를 그치지 않아서 여전히 손님이 꼬리를 물었다.

제법 넓은 가게가 밤낮없이 북새통을 이루었으니 금방 큰돈을 벌었다는 소문이 퍼졌다. 그리고 그 소문대로 몇 년 지나지 않아 여인은 가게를 접고 피눈물이 서린 골목을 떠났다.

저번 고향 방문 때,
고향을 지키고 있는 옛 친구가 예전에 우리가 놀던 마당, 구도심에서 만나자고 했다.
한때는 서울의 명동을 능가하던 비싼 땅값과 가게 세, 권리금을 자랑하던 남도의 명소였다.
주말이면 러시아워의 지하철역처럼 붐비던 곳이었다.

하지만
이제는
가게고 손님이고 모두 신도심으로 떠나 찬바람이 불고 있었다.

몇 년을 기다려도 빈 가게가 나오지 않았던 곳에 불 꺼진 가게가 즐비하고, 유리창이 깨져 쓰레기통이 된 곳도 있었다.

아!

어즈버, 태평연월이 꿈이런가.

우리의 젊은 날처럼 이곳도 한때의 화양연화였던가.

친구가 한탄했다.

"어찌 우리 고향뿐인가. 전국 곳곳이 신도심 개발로 구도심이 죽었지. 구도심을 중심으로 주거와 상업 공간을 넓히거나, 땅이 부족하면 고층화를 시도해야 하는 것을! 서울의 위성 도시를 카피해 구도심과 뚝 떨어진 곳에 새로 시가지를 조성했으니, 한정된 인적, 물적 자원이 이동해 구도심 공동화 현상이 일어날 수밖에!"

"아마도 토목과 건설, 건축이 일시적인 경기 부양 효과를 내고, 눈에 보이는 가시적 성과로 지자체장의 업적이라 과시할 수도 있고, 또한 그런 공사판을 벌여야 큰 뒷돈, 뒷거래가 이루어지지 않겠어."

친구가 한숨 섞인 이야기를 하며 차 없는 거리, 중앙통을 지나 예전의 뒷거리로 인도했다.

예전에도 중앙통보다 한가했던 거리가 이제는 아주 귀신이 나올 것 같은, 말 그대로 '불 꺼진' 항구가 되어 있었는데, 오직 한 가게만 불이 켜져 있고 온기가 돌고 있었다.

"우리의 청춘 시절, 거의 매일 만나 술을 마시던 그 새댁 포차 기억나냐?"

"기억하고말고!"

가벼운 주머니로도 취하도록 술을 마실 수 있었던 그 포차를 어찌 잊을 수가!

"그래, 대처에 살면서도 가끔은 그리웠지."

"몇 달 전, 그 새댁이, 반백의 할매가 되어 다시 옛날 그 자리에 실내 포차를 열었어."

"바로 그 사람이!"

"응. 몇 년간이나 비어 있던 가게에 불이 켜지고 옛 상호를 그대로 간판으로 올렸어. 그날부터 거의 매일 출근이야. 오늘도 꼭 너랑 가고 싶어서 이쪽으로 오라고 했지."

뭔가 마음이 찡했다.

"결코 되돌리고 싶지 않았던 옛날이었을 텐데. 금의환향이 아닌, 옛 자리의 옛 장사로 돌아왔다면, 뭔가 사연이 있겠지?"

친구가 어두운 얼굴로 목소리를 낮추어 이야기해주었다.

"멀리 가지 않고 신도심에 모텔을 사 갔는가 봐. 신도심 건설 초기라서 건설회사 임원, 일꾼들이 바글거려 장사가 아주 잘 되었는데... 결혼 초부터 뜬구름만 잡으며 술타령에 강짜를 부리던 남편이 모텔 사장이라고 거들먹거리며 돈을 물 쓰듯 쓰고 다니고, 그 고생을 하며 업어 키운 아들놈도 아비 닮아 사고뭉치가 되었다더라고. 결국 남편은 간암으로 살림 다 잡아먹고 작년에 죽고, 아들도 사업한답시고 엄마 돈 우려 유흥비로 탕진하며 건달 짓 하다가 결국 옥살이까지 했는데, 그나마 감옥에서 바리스타 교육을 받았다고 해서 가진 돈 다 털고 빚까지 얻어 커피숍을 차려 주었더니 엄마 돈 떨어진 줄 알고 그냥저냥 저 앞가림은 하는 모양이라 그나마 한숨 돌렸다더라고. 이야기를 트고 보니 우리와 동갑인 갑장이었어. 형편이 그래서 조금이라도 보탬이 되려고 고향에 온 옛 친구들 모두 이 집으로 데리고 와 팔아주고, 모임도 여기서 해."

갑자기 마음이 답답해지며 술 생각이 달아나 그 여인을 보고 싶은 생각이 사라졌다.

하지만

친구가 앞장서 문을 열고 들어가니 하는 수 없이 따라 들어갔다.

손님은 많지 않았다.

여남은 탁자의 홀에 세 팀이 술을 마시고 있는데, 모두 5,60대 중늙은이들이었다.

비록 곱상한 얼굴 위의 연지 발은 사라지고 몸매 또한 나잇살로 절구통이 되었지만, 예전의 그 여인이 틀림없었다.

그러나

예전과는 달리 활짝 웃으며 친구를 맞이했다.

자리에 앉자마자 도우미 아주머니가 깍두기 김치, 도토리묵, 시금치나물, 메추리알, 꼬투리 콩, 꼬막 도막 등이 담긴 기본 찬을 한 상 가득 차려 주었다.

기본 찬만으로도 술 서너 병은 거뜬할 정도였다.

안주는 예전처럼 순대와 머리 고기, 술국이 전부였다.

여인이 술을 가지고 와 앞에 앉아 술을 따르고 술잔을 받았다.

어려운 형편이라기에 가게에 들어서는 것이 내키지 않았는데, 대면하고 보니 표정도 밝고 나이에 비해 활력도 있어 보였고, 말도 스스럼이 없어 기분이 좋아 친구와 셋이서 잔을 나누었다.

손님들이 모두 제집처럼 술과 기본 찬을 가져다 먹고, 안주는 도우미 아주머니를 불러 추가해서, 여인이 자리에서 일어날 필요가 없었다.

셋이서 술을 권커니자커니 하면서 옛일을 되새기다가 내가 짐짓 물었다.

"아직 건강해 보이는데 예전처럼 술과 안주를 엇박자로 서비스하면서 열심히 장사하시면 얼마든지 돈을 벌 수 있겠는데요."

여인이 술을 한잔 홀짝 마시고 고개를 흔들었다.

"그러지 않으려고 시작했어요. 지금 여기 오시는 손님들 대부분이 사십 년 전 단골손님들이죠. 그때 그분들이

고마워서, 보고 싶어서 차린 겁니다. 단무지 한 쪽, 콩나물 대가리 하나 없이 그냥 안주와 소금만 놓고 소주와 순대를 번갈아 내놓는, 내 빤한 장삿속을 들여다보면서도 속아 주었던, 그 순박했던 분들과 다시 만나고 싶었거든요. 멀리서 지켜보는 의처증 남편 때문에 술 한 잔, 말 한 마디도 건네지 못했던 그때의 무례를 사과하고 싶기도 했고요."

"그래도 더 나이 든 후를 생각해야죠."

여인의 얼굴에 짐짓 허무일 수도, 아니면 달관일 수도 있는 표정이 떠올랐다.

"미래를 설계하고 계산해 모질게 돈을 모으려고 안달복달 심신을 채찍질해가며 살았지만, 결국은 원점으로 돌아왔어요. 이제는 저축이나 노후 보장 따위 욕심으로 내 남은 인생을 망치지 않기로 했어요. 그냥 하루하루 맘 편하게 주리지 않음을 감사하며, 이렇게 수십 년을 넘어 나를 잊지 않고 오신 분들께 옛날에 따르지 못했던 술을 따라 드리며 이야기를 나누는 행복을 맘껏 누리다 가렵니다."

가사 도우미 아주머니가 유명 정치인 집을 소개받아 출근했다.

'사모님'이 도우미를 '쓰윽' 한번 훑어보더니,

"나는 잔말하기 싫어하니까 내가 이러면 곧바로 오세요.
습관이니까 기분 나쁘게 생각하지 말고요."

하며 집게손가락을 위로 치켜세워 앞으로 까닥였다.

도우미 아주머니가 대답했다.

"거참, 편리한 습관이네요.
사모님도 제가 고개를 도리도리 흔들면 못 간다는 말인 줄 아세요.
저도 습관이랍니다."

31
일순이

평생 잊히지 않는 기억이 하나 있다.

어른들의 다리 사이로 본 기억이 생생한 걸 보니 아마도 초등 입학 전후,

오십여 년 쯤 전이었나 보다.

긴 도랑이 있었고, 양동이와 물지게를 진 사람들이 도랑가에 늘어서서 높다란 돌담 벽 끝쪽에 있는 작은 구멍을 지켜보고 있었다.

이윽고,

그 구멍에서 검은색에 가까운 진한 고동색 구정물이 쏟아져 나오면서 김이 뭉게뭉게 구름처럼 피어올랐다.

뜨거운 구정물이 쏟아져 나오자, 사람들이 탄성을 지르며 너도, 나도 그 구정물을 자루가 달린 바가지로 퍼 양동이와 물통에 담아지고 갔다.

나는 물지게를 지고 가는 이웃집 오순이네 맏언니인 일순 누나 뒤를 따라 집으로 돌아왔다.

키도 작고 비쩍 말라 제 몸도 이기지 못할 것 같은, 초등학교 오학년 일순은 물지게의 양쪽 양동이에 반쯤 구정물을 담아지고 비척비척 열 걸음 걸어 쉬고 또 쉬어 가며 제법 높은 고개를 넘어 한나절이 다 걸려 집에 돌아왔다.

일순이 뒤에는 여동생 넷과 내가 졸졸 따라 걸었고....
파김치가 되어 기차역 담벼락에 붙여 지은 무허가 판잣집에 겨우 돌아온 일순은 이마에 흐르는 땀을 닦을 생각도 하지 않고 가마솥에 구정물을 부어 넣고 찬장 서랍을 열었다.

서랍 안에는 봉투 모양으로 접어진 작은 신문지가 들어 있었다.
신문지 봉투를 펼치자 유리 조각처럼 투명한, 작은 알갱이가 한 수저 정도 들어 있었다.
일순은 조심스럽게 그 알갱이를 몇 개 집어 가마솥에 넣고, 잠시 망설이다가 다시 몇 개를 넣었다.

　　　　　　　일순이

그리고

지푸라기를 한 줌 뭉쳐 아궁이에 넣고 그 위에 왕겨를
몇 줌 뿌린 다음 성냥으로 불을 붙이고 풀무를 돌려 불을
살렸다.

일순은 아궁이 곁에 놓인 왕겨 소쿠리에서 작은 손으
로 왕겨를 한 줌 씩 집어 아궁이 속으로 던져 넣으며, 불
을 때 구정물을 팔팔 끓였다.

구정물이 끓자, 일순이 등 뒤에 나란히 앉아 있던 한두
살 터울 여동생 넷이 찬장에서 찌그러진 양은 밥그릇을
꺼내 줄을 섰다.

일순이 김이 모락모락 나는 구정물을 동생들의 그릇에
퍼 주었다.

동생들은 양은그릇이 뜨거워 때에 찌든 옷소매를 잡아
당겨 그릇을 싸 들고 호호 불며 그 구정물을 마셨다.

나도 한 그릇 얻어 소매로 감싸 들고 길 건너 우리 집으
로 와 중학생이던 누나에게 주었다.

누나는 그 국물을 마시지 않고 한동안 들여다보고 있
다가, 부엌에 걸린 밥구리*와 커다란 양푼을 들고 오순이
네 집으로 가서 밥구리를 통 채로 내려놓고 양푼에 구정

* 밥구리 _ 대나무로 오목하게 절어 만든, 뚜껑이 있는 옛 밥통.

물을 가득 담아 왔다.

누나 아래로 젖먹이 동생까지 남동생 다섯. 육 남매가
그 양푼 속의 구정물을 밥 대신에 나눠 마셨다.
쓰고 달고, 떫고, 알싸한 신기한 맛이었다.

그 물을 한 공기쯤 마시고 나니 다리에 힘이 빠지면서
눈앞이 빙빙 돌았다.
형, 동생 모두 얼굴이 벌겋게 달아오르면서 쓰러졌다.
육 남매가 부엌방에 나란히 누웠다.

저녁 무렵, 어머니께서 오셔서, 벌건 얼굴로 나란히 누
워 있는 육 남매를 보고 기겁을 해 누나를 흔들어 깨워
호통을 쳤다.
"이게 무슨 일이냐! 너 동생들에게 무얼 먹였냐!"
"일순이가 길어와 사카린 넣고 끓인 아랭이와 밥을 바
꾸어다 한 그릇 씩 먹었어요."
아랭이었다.
소주를 걸러내고 남은 찌꺼기인 아랭이였다.
당시에는 주정 공장이 따로 있지 않고 소주 공장에서

일순이

절간고구마[*]를 발효 시켜 알코올을 추출해 소주를 만들었다.

그렇게, 알코올을 뽑아내고 남은 '공장 폐수'를 도랑으로 방출한 것을 도시의 극빈자들이 퍼다가 사카린을 몇 알 넣고 끓여 끼니로 삼았던 것이다.

증류기로 에틸알코올을 추출했고, 집에 가져와 또다시 끓였어도 알코올 성분이 남아 있어 아이들이 먹고 술에 취했던 것이다.

어머니께서 부랴부랴 쌀을 씻어 밥을 지어 저녁상을 차리는 사이에 아버지께서 오셨다.

교자상에 하얀 쌀밥이 빙 둘러 놓이고, 고등어자반과 김과 김치, 계란찜, 미역국 등이 놓인 밥상에서 어머니가 아버지께 말씀하셨다.

"오순이 엄마가 며칠 전에 밤차를 탔다네요. 서울 가서 식모살이라도 해서 자리 잡으면 애들 데리러 온다고.... 오순이 아버지는 사흘 째 집에 들어오지 않고...."

아버지께서 밥을 다 드시지도 않고 숟가락을 내려놓

---

* 절간고구마 _ 얇게 편으로 썰어 말린 고구마.

고, 밖으로 나가셨다.

　당시, 아버지는 정미소와 미곡 도매상을 운영하는 사장님이셨다.

　밤이 이슥해 돌아오신 아버지가 어머니에게 말씀하셨다.

　"선창가 노동자 합숙소에서 오순 아비, 영태 놈 찾아서 보리쌀 한 말 하고 쌀 한 되 박 들려 보냈어. 내일부터 공장에 나와 가데기*라도 해서 갚으라고 했고."

　"고정 인부로 쓰지 그러세요."

　"일하는 거 봐야지. 그리고 영태 쓰자고 다른 사람 내보낼 수도 없고."

　일순이는 국민학교를 졸업하자마자 엄마를 찾아 서울로 떠났고, 우리 집도 이사를 해서 오늘날까지 오순이네 소식은 듣지 못했다.

　아마도 서울 하늘 아래 어딘가 살아남았으리라.

　부디 행복하게 살아냈고, 살아가기를....

*가데기_어깨 위에 쌀가마 등을 올려 운반하는 노동.

　　　　　　　　일순이

조선 시대. 한양.

환관들이 아리수 곁 정자에서 니나노 잔치를 벌였다.

매관매직, 이권개입으로 재산을 모으고 권모술수와 중상모략으로 국정을 농단하는, 후한말의 십상시가 울고 갈 적폐 패거리들이었다.

그 꼴을 보고 심사가 뒤틀린 우리의 김선달이 무턱대고 정자로 올라가 놀자 판에 들어서자, 환관 하나가 호통을 쳤다.

"네 이놈. 이 자리가 어떤 자리인 줄 알고 범접을 하려느냐. 어디 사는 어떤 놈이냐."

선달이 당당하게 대꾸했다.

"평양에서 온 김해 김씨 인홍 올시다."

그 말을 들은 환관 하나가 콧방귀를 뀌며 비웃었다.

"네까짓 놈이 감히 양반 행세를! 평양은 풍기가 문란해 월담이

일상사인 동네가 아니더냐. 그러하니 네놈이 뉘 씨알인지 어찌
안다고 성씨를 들먹이느냐!"

선달이 환관들을 둘러보며 대답했다.

"옳으신 말씀이오. 그런 문제가 심각하긴 합니다. 그래서 우리
동네에서는 뉘 씨알인지 수상한 놈이 태어나면,
노끈으로 불알을 꽁꽁 묶어 한양으로 올려보냅니다."

32
아는 것이 힘

조선 시대.

청계천 다리 밑에 거적을 치고 사는 바우네 거지 패는 다른 거지들보다 영양 상태가 좋았다.

두목인 바우가 글을 알고 있는 덕분이었다.

바우의 보물,

비장의 무기는 바로!

장안 세도가의 생일과 제삿날을 적어 놓은 장부였다.

김 대감, 이 판서의 생일, 박 정승, 윤 부자의 제사 등이 날자 별로 빼곡히 적힌 장부에 따라 식솔들을 이끌고 걸식에 나서면 틀림없이 잘 얻어먹고, 바가지를 채워 돌아올 수 있는 것이다.

그렇다고 무작정 좋기만 한 것은 아니었다.

생일잔치 상은 아침에 장만한 음식을 당일 얻어먹기 때문에 비교적 안전했지만, 제사 음식은 전날 저녁에 차렸던 것이라 상한 음식이 많았다.

어느 해 여름, 바우네 패는 김 판서 부친 제사 음식을 먹고 탈이나 며칠간이나 토사곽란에 시달려야 했다.

특히 식탐이 많았던 바우가 유독 심하게 앓았다.

몇 날을 밥을 얻으러 가기는커녕 죽을 만큼 혼이 나고 겨우 정신을 차린 바우가 누렇게 뜬 얼굴로, 바우에게 글을 배워 눈을 뜬 아들에게 장부를 가져오라 했다.

"오늘이 뉘 집 생일이냐?"

"이 정승 회갑 날인가 봅니다."

"그래. 그럼 식구들을 데리고 가자. 그리고 애야....

"여름 제사는 쏴-아악 지워 버려라!"

아는 것이 힘

후배가 지하철 역 앞 골목에 치과를 개업하겠다며 간판을 어떻게 내 걸지 고민했다.

골목 초입에
'한국 제일 치과'
가 개업을 해 한동안 패권을 잡았는데,

그 곁에
'세계 제일 치과'
가 생겨서 손님이 그쪽으로 이동했다면서

'우주 제일 치과'
라 내걸면 우습지 않겠냐고 울상이다.

일단,
상호 작명은 맨입으로 되지 않는다며 막걸리 한 잔을 받아 마신 다음 지어주었다.

'골목 제일 치과'

33

인과응보

임진왜란이 끝난 후 서산 휴정은 제자인 사명당에게 예언했다.

"비록 나라와 민족을 위하고, 더 많은 살육을 막기 위해 왜인을 죽였다고는 하나, 승려로서 불살계[*]不殺戒를 범하였으니 너의 법맥은 끊어질 것이다."

서산의 말대로 사명당에겐 일가를 이룰만한 제자가 없었고, 서산의 법맥은 막내 제자이며 왜란에 참전하지 않아 살생하지 않은 편양당 언기鞭羊堂 彦機로 이어졌다.

하여

당금 한국 승려의 대부분은 편양의 후학들이다.

이십 년 전에 소천하신 선친은 비운의 갑자생(1924년생)으로 한국 전쟁을 온몸으로 감당해야 했다.

----

[*] 불살계 _ 생물을 죽이지 말라는 계율.

형산강과 대구 분지의 혈로를 걸어 삼팔선을 통과하여 한만 국경인 혜산진에 이르렀다가 '눈보라가 휘날리는 흥남 부두'로 후퇴, 포항에 재집결하여 다시금 삼팔선 이북으로 진격을 하고서도 생환하셨다.

집성촌 위, 아랫마을에서 12명의 장정이 징집되어 10명이 전사하고 선친과 같은 중대에 복무했던 한 살 터울 사촌 동생만 돌아온 것이다.

함께 생환한 당숙은 자신의 전공을 내세워 지역사회의 유지가 되었고, 각종 행사의 귀빈으로 단상에 올라 무용담을 강설했다. 자신이 어떻게 인민군과 인공 군을 죽였는지 액션을 섞어가며 실감나게 재현하여 박수갈채를 받는 인기 연사가 되어 6.25 무렵이면 연예인처럼 불려 다녔다.

종국에는 정치에 뛰어들어 나름 성과를 거두기도 했다.

하지만, 선친은 평생 자신의 무공을 내세우거나 무용담을 말씀하지 않으셨다.

당숙의 전언에 따르면 '형님'의 무공은 자신의 몇 배이

며, 자신의 목숨도 '형님'이 여러 번 구해주었다 하는데
도, 선친은 자식들에게조차 입을 다무셨다.

대중들 앞에서는 참전용사로서 호랑이처럼 떵떵거리
던 당숙도 선친을 만나면 고양이 앞의 쥐가 되어 숨도 크
게 쉬지 못하며 공대했고, 선친은 사촌 동생의 행보가 못
마땅한 듯 긴 이야기로 말을 섞지 않으려 했다.

아버지의 무용담을 듣고 싶은 자식들이 회갑 날 물었다.
"아버님과 같은 참전 용사들은 전쟁 영웅이라는 엄청
난 스펙으로 명사 대접을 받는데 아버님은 왜 나서지 않
으셔요?"

선친께선 한숨을 푹 내쉬며 1녀 5남, 자식들에게 느닷
없이 사명당의 법맥이 끊어졌다는 이야기를 들려준 후
말씀하셨다.
"징병 되어 고향 기차역 앞 국민학교 운동장에서 한나
절 M1 소총의 장전, 격발, 분해, 결합을 배우고 곧바로
트럭에 실려 형산강 전투에 투입되었다. 포탄이 터져 사
지가 찢겨 날아가고 총에 맞아 창자가 쏟아져 죽어가는

지옥에 떨어진 것이다. 살아남으려면 적군을 죽이는 수밖에 없었다. 징용에서 얻은 눈치와 요령이 생존에 유리했지만, 체격이 좋다는 이유로 박격포 사수로 차출되어 포신과 포판을 들고 뛰어야 했다. 죽음이 목전에 있기에 살기 위해 몸부림을 쳤지만, 인간으로서는 견뎌내기 어려운 고생이었다. 다행히 하늘과 조상의 도움이었는지는 몰라도 총알이 나를 비껴가 살아남았지만, 나는 참전한 것이 자랑스럽지 않다. 국가와 민족을 위해서, 나의 생존을 위해서였다고는 하나 사람을 무수히 죽여야 했다. 내가 쏜 포탄에 얼마나 많은 사람이 죽었겠느냐. 내가 직접 쏘아 죽인 사람도 셀 수가 없다. 육박전으로 찔러 죽인 사람도 여럿이다. 그토록 수많은 사람을 죽인 살인자로서 속죄의 삶을 살아도 그 죄, 천추에 이어질 텐데 어찌 자랑하겠느냐. 사명당의 법맥이 끊어진 것처럼 나는 나의 죄과가 너희들에게 미칠까 두렵다."

사업 수완이 좋으셨던 선친께선 여력이 생기는 대로, 숨은 손으로 무수한 이웃을 돕고 장학금을 쾌척했으나, 한 번도 자신의 이름을 드러내신 적이 없었다.

하지만,

불교의 인과응보는 설득력이 약하다.

평생 대량 살인자임을 자부하며, 얼굴을 빛내며, 살인의 순간들을 묘사하며, 살인이라는 절대적인 죄악을 저지르고도 속죄는커녕 당당했던 당숙의 자녀들이 우리 형제들보다 더 출세하고 큰 재산을 모아 잘살고 있는 것이다.

초등학교 미술 시간.
철수가 빈 도화지를 놓고 장난만 치고 있었다.

선생님,
"풍경화 그리라고 했잖아!"
철수,
"다 그렸는데요."
"뭘 그렸다고 그래?"
"소가 풀 뜯어 먹는 그림인데요."
"풀이 어디 있어?"
"소가 다 뜯어 먹었는걸요."
"그럼 소는?"
"에이. 선생님. 풀을 다 뜯어 먹었는데 소가 여기 있겠어요?"
"요 녀석이! 입만 살아서! 제대로 그리지 못해!"

잠시 후

선생님이 돌아와 보니 철수가 하얀 도화지 위에 붉은 점
두 개만 찍어 놓고 있었다.

"이건 또 뭐냐?"
"하얀 눈밭에 흰 토끼가 앉아 있어서 눈만 두 개 보이는 겁니다."
"너, 크레파스가 아까운 거냐? 게으른 거냐? 색칠을 해야지!"

선생님이 다시 돌아와 보니 철수가 도화지 전체에 검은색을
칠해 놓고 한가운데 하얀 점 두 개를 찍으며 말했다.

"까마귀가 한밤중에 나무에 앉아 있는 겁니다.
눈 만 두 개 보이네요."
"아이고. 너 풍경화는 그만두고 정물화 그려라."
"정물화라니요? 어떤 거요?"
"과일이나 빵 같은 먹을 거 그려봐."

선생님 말씀이 떨어지자마자 철수는 흰 점 두 개까지
검은색으로 칠해 온통 먹지가 된 도화지를 내밀며 말했다.

"김이에요."

34

백낙천

당나라의 시인 백낙천은 어려서부터 총명한 신동으로
유명했다.

그는 유불선의 모든 경전에 무불통지, 당대의 석학으
로 그의 학문을 능가할 자가 없었다.

낙천은 만년에 학자, 도사, 선사 등 천하의 고수들을 찾
아다니며 깨달은 바를 묻고 토론하였으나, 그 누구도 낙
천을 승복시킬 수 없었다.

실망에 실망을 거듭하며, 어느 고을을 지나던 낙천은
동네 사람들로부터 조야선사鳥野禪師라는 고승이 깨달음
을 얻었다는 소문을 듣고 선사를 찾아갔다.

조야선사는 별호처럼 들판 가운데 있는 커다란 나무
위에 벌거벗고 새처럼 앉아 있었다. 의관을 쓰고 관복을

입은 낙천은 조야선사의 그 꼴이 하찮게 보여 나무 아래서 소리쳐 물었다.

"당신이 깨달았다는 경지를 한마디로 말해주시오."

선사가 일갈했다.

"거짓말하지 마라!"

낙천이 껄껄껄 웃으며 비꼬았다

"그건 일곱 살 먹은 아이들도 다 아는 것이다!"

선사가 대꾸했다.

"일곱 살 먹은 애들도 다 아는 일이지만 일흔 살 먹은 늙은이도 지키기 어려운 것이다!"

깨달음은 말이 아닌 실천인 것이다.

공공장소에서 안고 비비는 청춘들이 늘어나고 있다.

티브이 리포터가 시민들의 부정적인 여론을 취재하고자 중년 아주머니에게 물었다.

"요즘 젊은이들이 지하철이나 도로에서 민망할 정도로 애정 행각을 벌이는 것을 단속하자는 여론이 있는데 어떻게 생각하시는지요?"

"파리에서 살다가 친정에 다니러 왔는데, 유럽에서는 그 정도는 암것도 아녀요. 우리나라도 풍기문란이란 유교적 관념을 바꿔야 해요."

당황한 리포터가 백발이 성성한 할머니를 찾아 물었다.

할머니가 대답했다.

"세상이 참 많이 바뀌었지. 우리 땐, 남자 얼굴도 보지 못하고 결혼했고, 집 안에서 둘만 있을 때도 부끄러워 그렇게 못했지. 그래서...

지금 세상에 태어나지 못한 것이 억울해."

35
화란 火卵

남자의 불알은 급소이다.

맞으면 몹시 아프고, 죽음에 이르기도 하는 치명적 약점이다.

따라서

격투기는 물론 과격한 스포츠 종목에서는 보호대를 반드시 착용한다.

모두가 다 알다시피 아기 씨인 정자를 만드는, 인류를 존재케 하는 중요한 기관인 불알은 두 알이 정낭에 들어 남자의 가랑이 사이에서 달랑거리고 있다.

흔히들 두 알이 좌우 대칭으로 들어 있는 줄 아는데, 아니다.

크기도 다를 뿐 아니라 위아래로 약간 비켜 달려 있다.

왜 그럴까?
서로 부딪혀 다치는 것을 막기 위한 진화의 결과이다.

불알은 서로 싸우지 않는다.
사이좋게 공존하는 것이다.

우리는 불알에서 상생, 화합, 존중, 포용, 양보, 배려, 겸손, 우애, 사랑을 배워야 한다.
스승은 밖에 있지 않다.

우리 안에 존재한다.

마트 계산대에서 점원이 장바구니가 없는 아줌마에게 물었다.

"봉지 드릴까요?"

아줌마가 고개를 흔들더니,
주머니에서 조그마한 지갑을 꺼내 만지작거렸다.
그러자 그 지갑이 커져서 장바구니가 되었다.

깜짝 놀란 점원이 눈을 동그랗게 뜨고 물었다.

"세상에나! 이런 마술 장바구니는 처음 봅니다.
어디서 구하셨어요?"

"구하기 힘들 겁니다. 남편이 외과 의사인데,
포경 수술하며 잘라낸 거 잇대어 만들었거든요."

36
가문의 비밀

1957년과 1958년.
이 년에 걸친 가뭄은 혹독했다.

가뭄 극복을 위해서 군인들에게 특별휴가까지 주었으나, 역부족이었다.
기록적인 흉년이 들어 농촌에서조차 굶어 죽는 사람이 생기고, 수많은 농민이 농촌을 떠나 도시의 최하층민으로 전락했다.

1958년 겨울.
여름 가뭄만큼이나 혹독하게 추운 그 겨울.
여름에 와야 할 비가 눈이 된 모양, 함박눈이 펑펑 쏟아져 내렸다.

호남선 종착역의 늦은 밤.

더 갈 곳이 없는 막다른 그곳의 역전 국밥집 앞에 한 여인이 쓰러져 있었다. 지저분하기 짝이 없는 누더기를 덕지덕지 겹쳐 걸치고 떡이 진 머리카락을 보아하니 걸인이 아니면 노숙 부랑자였다.

겨울은 언제나 가난한 이들에게는 여름보다 가혹한 법! 쓰러진 여인 위로 눈이 쌓여갔다.

가게 앞에 쓰러져 손님을 쫓고 있는 사람을 좋아할 주인은 없으니, 득달같이 달려 나온 주인이 여인을 두드려 깨웠다.

가까스로 고개를 쳐든 여인의 때로 얼룩진 뺨은 동상으로 부풀어 있었고, 갈라 터진 입술은 검게 죽어가고 있었다.

역전 광장은 험한 공간이다.

그곳에서 철야 식당으로 생존하려면 보통 강단으로는 어림없을 수밖에. 주인은 단호하게 여인의 머리채를 잡아끌었다.

그때,

나지막하지만, 단단한 목소리가 주인의 손길을 멈추게
했다.

"김 사장! 무슨 짓인가!"

그 사람은 중절모를 쓰고 모직 코트를 입고, 부츠를 신
고 있었다. 역전 통을 통틀어 그렇게 차려입은 사람은 그
한 사람뿐일 터였다.

"아이고! 회장님. 이 거지가 문 앞에 쓰러져 손님을 쫓
고 있어서요."

거지라는 말에 여인이 도리질을 치며 품속에서 무언가
를 꺼내 주인 앞에 내밀며 목이 말라 갈라진 목소리로 힘
겹게 말했다.

"나, 거지 아니구먼유."

여인이 쥐고 있는 것은 편지 봉투였다. 회장이라 불리
는 사람이 봉투를 받아서 들여다보았다.

보낸 주소는 기차역 화물 취급소였고, 받은 주소는 강
원도 민통선 부근이었다.

"아이 아버지 찾아왔는데 아무도 없어유."

그러고 보니, 누더기 속 여인의 배가 만삭이었다.

"거기는 아침이 되어야 짐 나르는 인부들이 나오는 곳
이요."

강원도 산골에서 서남쪽 끝 항구까지. 남한을 대각선
으로 긋는 가장 먼 길을 온 것이었다.

당시의 교통 사정으로는 버스와 기차가 제대로 연계되
었다 해도 2,3일 길이었다.

회장이 한숨을 푹 쉬더니 주인에게 말했다.

"따뜻한 가게 안으로 들이세. 국밥 한 그릇 어서 말아
내고."

주인은 내키지 않은 표정이었지만, 회장의 말을 거절
하지 못했다.

여인의 눈물이 국밥 그릇에 방울방울 떨어졌다. 회장
은 국밥값을 치르고 식당 뒤 여인숙 할머니를 불러 방값
까지 내고 당부했다.

"따뜻한 물로 씻도록 하고 연탄 불구멍 확 열어 뜨시게

재우셔요."

회장이 여인에게 따뜻하게 말했다.

"깨끗한 얼굴로 내일 아침에 아이 아빠를 찾아가세요."

여인이 허리춤 전대에서 꼬깃꼬깃 구겨진 십 원짜리 지폐 몇 장을 꺼냈지만, 회장은 단호하게 거절했다.

여인이 고개를 수도 없이 숙이며 여인숙 할머니를 따라갔다.

다음 날 아침 일찍.

국밥집 사장이 역 앞 큰길 건너에 있는, 회장이 운영하는 곡물 도매상으로 황급히 달려왔다.

"회장님. 그 여자가 아이를 낳으려 합니다. 여인숙 할매가 회장님 모셔오라네요."

회장이 가보니, 벌써 양수가 터지고 진통이 시작되고 있었다.

당시는 병원에서 아이를 낳는 때가 아니었다. 다행히 여인숙 할머니가 아이를 여럿 받아 본 산파 수준이어서 순조롭게 아이를 받아 냈다.

아들이었다.

출산이 진행되는 사이에 회장은 여인의 편지 봉투를 들고 화물 취급소로 가서 아이의 아버지를 수소문했다.

역에서 대기하다 화물을 하역하거나, 짐수레로 옮겨 주는 일을 하는 일용직 노동자였을 그 사람을 기억하는 사람이 없었다.

가까스로 강원도에서 온 젊은 사람과 노동자 합숙소에서 며칠 함께 지냈다는 사람을 찾아냈다.

"그 사람, 여기서는 혼자 먹을 밥값도 벌 수 없겠다며, 홍어 배 한철 타서 목돈 만들어 마누라 데려와야겠다며 흑산도 들어간 지 며칠 되었지요."

깨끗이 씻은 얼굴을 보니 이십 대 초반의 젊은 여자였다.

여인의 딱한 사정이 알려지자, 역전 둘레의 상인들이 너도, 나도 아이를 키우는데 필요한 물건을 가져오기도 했고, 식당에서 음식을 보내주기도 했다.

회장의 주도로 상인연합회에서 십시일반 돈을 모아 주기도 했다. 여인숙 할머니도 방값을 받지 않았다. 회장이 흑산도 파출소에 남편의 이름을 알려 아이 아빠를 찾았다. 하지만, 그런 이름으로 승선한 사람이 없었다.

가문의 비밀

뭔가 사연이 있음을 눈치챈 회장이 여인에게 비밀 보장을 약속하고 사정을 물었다.

젊은 부부는 강원도 깊은 산골의 화전민 자식들로 둘이 눈이 맞아 그냥 산속에 너와 움막을 짓고 동거하며 화전을 일구었는데...

욕심을 내어 큰 밭을 만들려 불을 넓게 잡는 바람에 큰 산으로 번져 어마어마한 산불을 내고 말았다는 것이다.

실화범이 된 남자는 체포되기 전에 야반도주해 강원도에서 가장 먼 곳까지 도망쳤고...

실명으로 배를 탈 수 없는 처지였던 것이다.

여인은 필사적으로 남편을 찾았지만, 갓난애를 데리고 부기도 빠지지 않은 몸으로 한겨울에 흑산도에 들어갈 수는 없었다.

회장이 인맥을 동원해 여인에게서 들은 인상착의를 흑산도 현지 주민들과 어부들에게 수소문했다.

며칠 지나지 않아, 그 사람인 듯한 사람이 탄 배가 뒤집어져 선원 모두 실종되었다는...

아이가 태어난 지 보름 후.

여인은 부적처럼 품고 왔던 편지 봉투에 자신이 지은 아이의 이름을 적어 갓난애의 머리맡에 두고 아무도 몰래 야간열차를 타고 떠났다.

아이를 어떻게 할 것인가!

주소가 적혀 있다 한들, 불타버린 산으로 돌아가지 않았을 것이고... 설혹, 여인의 이름이 실명이라 할지라도 그때는 전산망이 없어서 추적할 길이 없었다.

결국, 회장이 아이를 맡아....

결혼 후 십 년이 다 되도록 자식이 없는 사촌 처제에게 입양을 시켰고, 처제 부부는 아이를 데리고 극비리에 서울로 이사 갔다.

십 년 후

생모가 회장을 찾아왔다.

새 남자를 만나 아이를 키울 형편이 된다는 것이었다.

회장은 모른다고 모질게 잘랐다.

그 후로도 십 년 정도의 간격으로 그 여자가 역전을 배

　가문의 비밀

회하는 것을 상인들이 목격하고 쑥덕이고는 했지만, 그들도 아이에 대해서 알지 못해 들려줄 단서가 없었다.

그렇게
반백 년이 흘렀다.
아이는 건강하게 잘 자랐다. 키도 크고 미남이었다. 공부도 잘해 명문대를 나와 대기업의 이사로 출세했다.

이모부는 몇 년 전에 타계했지만, 나와 한 살 터울 이종형은 홀로 남은 이모님을 끔찍하게 아끼고 모시는 소문난 효자다.

이 년 전.
꼬부랑 할머니가 된 그 여인이 대를 이어 국밥집을 하는 사장의 아들에게 죽기 전에 단 한 번만이라도 아이를 보고 싶다고, 팥죽 같은 눈물을 쏟으며 놔두고 간 연락처를 내가 가지고 있다..

어찌해야 할까. 어찌해야 할까.

"정말! 내가 미쳤지. 아직도 믿을 수가 없어!
그날 내가 왜 옷을 벗었는지!"

"나도 놀랐다고! 당신이 방바닥에 그어 놓은 줄 넘어가기는커녕
눕지도 않고 벽에 기대앉아서 좋았다고!
그런데 거꾸로 당신이 그럴 줄은 꿈에도 몰랐어."

"솔직히 말해! 당신 그날 무슨 짓을 한 거야?
내 술에 장난친 거야?"

"무슨 소리야! 똑같이 마셨잖아!"

애 둘을 낳도록 술 몇 잔만 마시면 되풀이되는
유도심문과 고문, 협박, 공갈에도 입을 열지 않았다.

그날 내가 한 짓이라고는 ...

벽에 붙어 있던 보일러 온도 조절기 올린 거밖에 없다고....

37
돈. 돈. 돈

대부분의 범죄가 돈에 대한 욕망에서 비롯된다.

물론, 복수, 정적, 연적, 이념, 첩보, 사이코패스 등의 범행 동기도 상당하지만, 범죄의 총량에서는 돈에서 비롯된 범죄에는 결코 미칠 수 없다.

일찍이. 이천 육백 사십 년 전에 고대 그리스 시인 알카이오스(B.C.620~B.C.580)는 설파했다.

〈돈이 곧 사람이구나. chremata aner 그래서 가난한 사람은 좋은 일을 할 수도, 존경받을 수도 없구나.〉

고대 그리스에서도 빈곤은 인권의 유린과 인간 존엄의 상실이었음 알 수 있다.

성경에도 돈은 창세기에서부터 등장한다.

〈미디안 상인들이 지나가다가 요셉을 구덩이에서 끌어

내었다. 그들은 그를 이스마엘 사람[*]들에게 은 이십 냥에
팔아넘겼다. 이스마엘 사람들은 요셉을 에집트로 데리고
갔다. 창세기 37 : 28〉

제네시스 시대에서도 생명을 돈으로 팔고 샀던 것이다.
농경, 수렵 채집 사회에서는 돈이 없어도 최소한의 삶
은 자급자족으로 유지할 수 있었다.

하지만
도시화와 산업화가 진행되면서부터 돈은 인간의 생존
과 직결되었다.
도시에서는 돈이 없으면 곧 죽음이 된 것이다. 이러한
사실을 17세기의 일본 작가인 사이카쿠 이하라는 작품
속에서 꿰뚫어 보았다.

〈탄생과 혈통은 아무런 의미도 없다. 도시인에게 가족
을 결속시켜주는 것은 오직 돈뿐이다. 우리에게 생명을
부여해 준 것은 어머니와 아버지이지만, 그 생명을 보호
해 주는 것은 돈이다.〉

* 이스마엘 사람 _ 아브라함과 하갈 사이에서 태어난 이스마엘의 후손 .

돈. 돈. 돈

인류는 돈이 스스로 귀천과 생명을 결정짓는다는 것을 본능적으로 알았다.

금과 은 등의 귀금속을 돈으로 이용한 것은 기원전 24세기의 메소포타미아 문명에까지 거슬러 올라간다는 고고학적 증거를 볼 때 농경문화의 초창기, 즉 사람들이 모여 살기 시작한 때부터 인간은 태생적으로 돈을 발명했다고 할 수 있다.

일반적으로, 일정한 형태와 정교한 무게, 균일한 재질, 광범위한 통용, 물질과 노동에 대한 기준 가치를 지닌 근대적 의미의 돈(주화)은 기원전 640년에서 630년 사이에 소아시아*리디아 왕국에서 발명되었다는 것이 정설이다.

리디아에서 돈이 쓰이게 되자 제일 먼저 자연발생적으로 시장이 생겨났다.

이전에는 물물과 노역의 교환이 이루어지는 원시 형태의 시장이었지만, 물건과 용역을 객관적으로 평가하여 매매할 수 있는 돈이라는 매개체가 출현하여 거의 모든 것을 돈으로 환산하여 거래할 수 있게 된 것이다.

그리고!

곧바로 리디아 사람들은 주사위를 발명했다. 돈 놓고
돈을 따는 도박이 탄생한 것이다.

그리고!

리디아에 공개적으로 성을 매매할 수 있는 사창가가
생겨났다.

리디아 이전에도 유사한 도박이나 매매춘이 존재했겠
지만, 그것은 왕족, 귀족, 사제 등의 특권층의 몫이었다.

하지만,

공용 화폐의 출현으로 이제는 누구든 신분이나 나이,
인종에 상관없이 돈만 있으면 도박과 매춘을 할 수 있게
된 것이다.

이처럼 돈은 탄생하자마자 인간을 죄악으로 이끌었다.

필자의 소설 〈위조지폐, 2017, 유리창〉의 초고 자료에서 발췌.

* 소아시아 _ 아시아의 서쪽 끝에 있는 흑해, 에게해, 지중해에 둘러싸인 반도.
　　　터키 영토의 97% 를 차지한다

털이 긴 강아지 푸들과 털이 없는 강아지 헤어리스 테리어가
어느 추운 겨울날 만났다.

푸들이 긴 털을 뽐내며 거만하게 말했다.

"헤이. 넌 털이 없으니 정말 춥겠구나. 어쩐다니..."

테리어가 대답했다.

"하하하... 걱정 마. 난 뒤집어 입어서 더 따뜻해."

볼테르 Voltaire는 18세기 프랑스의 철학자, 역사가, 문학자,
계몽주의 운동의 선구자로 백과 전서 간행에 참여한
인류사적인 천재 중의 한 사람이다.

볼테르는 어려서부터 신동으로 유명했는데
어린애가 너무 똑똑한 것을 고깝게 본 한 귀족 노인이
어린 볼테르 에게 말했다.

"어려서 똑똑한 애는 늙으면 바보가 되는 거야.
너무 나대지 마라."

볼테르가 대답했다.

"할아버지는 어렸을 때 저보다 더 똑똑했었나 봐요."

38
인생은 육십부터

 인생의 멋진 일은 대부분 후반부에 온다.

 투자의 귀재, 갑부 중의 갑부. 워런 버핏의 재산 90%는 65세 이후에 형성된 것이다.

 커넬 샌더스 KFC 켄터키 프라이드치킨 회장은 65세에 무일푼으로 닭튀김 장사를 시작해 세계적인 갑부가 되었다.

 장량이 수십 년 동안 수집한 연표로, 계속해서 수정 증보해 나가고 있다.

 귀하의 나이에 대입하여 꿈을 버리지 마시라.

• 60세 – 찰리 채플린, 18살 우나 오닐(노벨상 수상 극작가 유진 오닐의 딸)과 결혼.

 – 괴테, '파우스트' 집필 시작.

- 61세 - 안도 모모후쿠, 컵라면 발명.

- 62세 - 피카소, 21살 프랑수아즈 질로와 연애.

  - 아리스토텔레스 오나시스, 재클린 케네디와 재혼.

- 63세 - 아셀리 키(미국), 인공수정으로 출산 성공.

- 64세 - 박광립(조선시대 문신), 과거 문과 급제.

- 65세 - 장 앙리 파브르, 23세의 마리 조세핀 도들과 재혼(둘 사이에 세 명의 자녀 태어남)

  - 커넬 샌더스(KFC 켄터키 프라이드치킨 회장), 무일푼으로 닭튀김 사업을 시작.

- 66세 - 헤르만 헤세, '유리알 유희'.

  - 측천무후則天武后, 중국 역사상 전무후무한 여황제로 등극.

  - 앤드류 카네기, US 스틸 설립, 세계 최고의 갑부가 되다.

- 67세 - 톨스토이, 자전거를 배우다.

- 68세 - 안필준(전 보사부 장관) 의학박사 학위 취득.

- 69세 - 리처드 기어(배우), 득남(34살 연하 세 번째 부인 알레한드라 실바).

  - 테레사 수녀, 노벨 평화상 수상.

- 70세 – 공자, '춘추 春秋' 완성.

- 71세 – 타고르, '황금의 배' 출판.

- 72세 – 조지 부시, 전 미국 대통령 스카이다이빙에 성공.

- 73세 – 사마의, 위나라 상국이 되다.

  – 로널드 레이건, 미국 대통령에 재선.

- 74세 – 등소평, 중국 공산당 최고 지도자가 되다.

  – 김대중, 대한민국 대통령에 당선.

  – 록펠러, 자선재단을 설립.

- 75세 – 넬슨 만델라, 남아프리카공화국 대통령에 당선.

  – 괴테, 자서전 내다.

  – 백거이(백낙천), 백씨문집(75권) 완성.

- 76세 – 앤드류 카네기, 카네기 재단 설립.

- 77세 – 윈스턴 처칠, 영국 총리에 재선.

- 78세 – 앙드레 지드, 노벨 문학상 수상.

- 79세 – 프랭크 시나트라, 마지막 리사이틀 가지다.

- 80세 – 애나 메리 로버트슨 모지스, 첫 개인전을 열다.
(76세에 그림을 시작, '모지스 할머니'라는 애칭으로 미국의 국민 화가가 됨)

  – 모세, 유대민족을 이끌고 광야에 나서다.

- 석가모니, 열반.

- 81세 - 장수왕(고구려) 백제 위례성 함락, 개로왕 살해.
  - 리버 맨(미국 화가), 그림 공부 시작.
- 82세 - 톨스토이, 가출하여 시골 역에서 사망.
  - 안소니 퀸 19세 아내(63살 연하) 사이에 득남.
- 83세 - 괴테, '파우스트' 완성.
- 84세 - 장 앙리 파브르, '곤충기' 완성.
- 85세 - 장 칼몽(프랑스), 펜싱을 배우기 시작.
  - 베르디, '아베 마리아' 작곡.
- 86세 - 게오르그 솔티(지휘자, 피아니스트), 2장의 새 음반 발표.
- 87세 - 프랜시스 라우스, 노벨 생리의학상 수상.
- 88세 - 버나드 쇼, '쇼에게 인생을 묻다' 출간.
  - 등소평, 수영 금지당하다.(중국 공산당 정치국은 등소평의 건강을 염려하여 수영 금지를 결의).
  - 글로리아 스튜어드, 영화 '타이타닉'출연 아카데미 조연여우상 노미네이트.
- 89세 - 파블로 피카소, 자화상을 완성.

- 90세 - 미켈란젤로, 론다니니 피에타를 조각하다 죽다.
  - 레오니트 후드비치, 노벨 경제학상 수상.
- 91세 - 샤갈, 마지막 작품을 발표.
- 92세 - 리스 커베이, 경제학 박사 취득(유명 여배우로 85세에 재취학)
- 93세 - 피카소, 4월 8일 죽는 날까지 붓을 놓지 않다.
  - 피터 드러커(현대 경영학 창시자), 자유 훈장(미국민 최고 훈장) 수상.
- 94세 - 로즈 길버트(미국 여교사), 은퇴후 드라마 클래스 개원.
- 95세 - 파블로 카잘스(첼리스트), 유엔에서 연주와 연설을 하다.
  - 장수왕, 신라를 공격 7개 성을 빼앗다.
- 96세 - 이은관(인간문화재), 배뱅이 굿 팔십 주년 기념 공연.
- 97세 - 마사 그레이엄(무용가), 자서전 '고뇌의 기억' 출판.
- 98세 - 글로리아 스튜어드 '춤추는 할리우드-뮤지컬의 역사' 주연.
- 99세 - 태조왕(고구려 6대왕), 왕위를 동생 차대왕에게 양위.

• 100세 – 김형석(철학자. 수필가. 교수) '100세 철학자의 철학, 사랑 이야기' 출간.

    – 긴병기(화가, 예술원 회원), 백세청풍 :바람이 일어나다 개인전.

    – 장 칼몽, 자전거 타기를 즐기다.

    – 혜암 스님, 미국 능인선원 봉불식 참석.

    – 데이비드 구달 (호주 생태 과학자), 생태학 논문 발표.

• 101세 – 리버 맨, 스물두 번 째 개인전 열다. (원시적인 눈을 가진 미국의 샤갈로 극찬받음)

    –스코트 니어링(미.경제학자) 인생의 완성을 선언하고 단식하여 사망.

• 104세 – 데이비드 구달, 존엄사 선택. (스위스, 라이프 써클 재단에서 스스로 치사량의 극약이 든 정맥 주사 개방. 건강한 몸으로 존엄사를 선택한 첫 번째 인물)

• 105세 – 김병기 화백 현역 활동 중.

• 121세 – 장 칼몽, CD 발표.

미완성, 진행 중인 연표로

육 개월 단위로 업데이트합니다.

독자 여러분의 집단 지성에 의해 수정 증보하고 있습니다. 나이를 이긴 인간 승리를 알려 주시면(페이스북 '장량' 검색, 메시지) 검증하여 추가하겠습니다.

편집 후기

'행복해서 웃는 것이 아니라, 웃어서 행복해진다.'
는 저자의 주장을 실감했다.

원고의 분량이 넘쳐, 한 권의 책으로 묶어 내기 어려웠다. 모든 에피소드가 웃음과 반전, 감동을 넘치지 않게 '피식' 담고 있었기 때문이었다.

편집은 선택의 연속이며 반복 노동으로, 스트레스와 긴장이 전제된 작업이기에 결코 행복할 수만은 없는 일이다.

하지만, '피식'을 편집하는 내내 웃음으로 인하여 마음이 따뜻해지고 즐거워 과정상의 난맥을 긍정적으로 이겨 낼 수 있었다.

'피식'으로 인하여 독자의 마음에 웃음이 깃들어 행복해진다면 더 무얼 바라겠는가.

편집자 拜上